南南和翦子伯伯

嚴文井 著

嚴文井（一九一五年－二〇〇五年）

原名嚴文錦，湖北武昌人。早在就讀中學時就開始發表作品。之後歷任中宣部文藝處副處長，中國作協黨組副書記、書記處書記，《人民文學》雜誌副主編、主編，人民文學出版社社長、總編輯等職務，是著名的童話作家、編輯出版家。

總序一

兒童文學的歷史與記憶

林文寶

大陸海豚出版社所出版之中國兒童文學經典懷舊系列，要在臺灣出版繁體版，這是臺灣兒童文學界的大事。該套書是蔣風先生策劃主編，其實就是上個世紀二、三十年代的作家與作品，絕大部分的作家與作品皆已是陌生的路人。因此，說是經典有失嚴肅；至於懷舊，或許正是這套書當時出版的意義所在。如今在臺灣印行繁體版，其意義又何在？

考查各國兒童文學的源頭，一般來說有三：

一、口傳文學

二、古代典籍

三、啟蒙教材

而臺灣似乎不只這三個源頭，綜觀臺灣近代的歷史，先後歷經荷蘭人佔據三十八年（一六二四—一六六二），西班牙局部佔領十六年（一六二六—一六四二），明鄭二十二年（一六六一—一六八三），清朝治理二〇〇餘年（一六八三—一八九五），以及日本佔據五十年（一八九五—一九四五）。其間，相當長時間是處於被殖民的地位。因此，除了漢人移民文化外，尚有殖民者文化的滲入；尤其以日治時期的殖民文化影響最為顯著，荷蘭次之，西班牙最少，是以臺灣的文化在一九四五年以前是以漢人與原住民文化為主，殖民文化為輔的文化形態。

一九四五年十月二十五日國民黨接收臺灣後，大陸人來臺，注入文化的熱血液。接著一九四九年十二月七日國民黨政府遷都臺北，更是湧進大量的大陸人口。而後兩岸進入完全隔離的型態，直至一九八七年十一月臺灣戒嚴令廢除，兩岸開始有了交流與互動。一九八九年八月十一至二十三日「大陸兒童文學研究會」成員七人，於合肥、上海與北京進行交流，這是所謂的「破冰之旅」，正式開啟兩岸兒童文學交流歷史的一頁。

其實，兩岸或說同文，但其間隔離至少有百年之久，且由於種種政治因素，目前兩岸又處於零互動的階段。而後「發現臺灣」已然成為主流與事實。

因此，所謂臺灣兒童文學的源頭或資源，除前述各國兒童文學的三個源頭，又有受日本、西方歐美與中國的影響。而所謂三個源頭主要是以漢人文化為主，其實也就是傳統的中國文化。

臺灣兒童文學的起點，無論是一九〇七年（明治四〇年），或是一九一二年（明治四十五年／大正元年），雖然時間在日治時期，但無疑臺灣的兒童文學是屬於華文世界兒童文學的一支，它與中國漢人文化是有血緣近親的關係。因此，了解中國上個世紀新時代繁華盛世的兒童文學，是一種必然尋根之旅。

本套書是以懷舊和研究為先，因此增補了原書出版的年代（含年、月）、出版地以及作者簡介等資料。期待能補足你對華文世界兒童文學的歷史與記憶。

林文寶，現任臺東大學榮譽教授，曾任臺東大學人文文學院院長、兒童文學研究所創所所長、亞洲兒童文學學會臺灣會長等。獲得第三屆五四兒童文學教育獎，中國文藝協會文藝獎章（兒童文學獎），信誼特殊貢獻獎等獎肯定。

總序二

原貌重現中國兒童文學作品

蔣風

今年年初的一天，我的年輕朋友梅杰給我打來電話，他代表海豚出版社邀請我為他策劃的一套中國兒童文學經典懷舊系列擔任主編，也許他認為我一輩子與中國兒童文學結緣，且大半輩子從事中國兒童文學教學與研究工作，對這一領域比較熟悉，了解較多，有利於全套書系經典作品的斟酌與取捨。

一開始我也感到有點突然，但畢竟自己從童年開始，就是讀《稻草人》《寄小讀者》《大林和小林》等初版本長大的。後又因教學和研究工作需要，幾乎一而再、再而三與這些兒童文學經典作品為伴，並反復閱讀。很快地，我的懷舊之情油然而生，便欣然允諾。

近幾個月來，我不斷地思考著哪些作品稱得上是中國兒童文學的經典？哪幾種是值得我們懷念的版本？一方面經常與出版社電話商討，一方面又翻找自己珍藏的舊書。同時還思考著出版這套書系的當代價值和意義。

中國兒童文學的歷史源遠流長，卻長期處於一種「不自覺」的蒙昧狀態。而清末宣統年間孫毓修主編的「童話叢刊」中的《無貓國》的出版，可算是「覺醒」的一個信號，至今已經走過整整一百年了。即便從中國出現「兒童文學」這個名詞後，葉聖陶的《稻草人》出版算起，也將近一個世紀了。在這段不長的時間裡，中國兒童文學不斷地成長，漸漸走向成熟。其中有些作品經久不衰，而一些作品卻在歷史的進程中消失了蹤影。然而，真正經典的作品，應該永遠活在眾多讀者的心底，並不時在讀者的腦海裡泛起她的倩影。

當我們站在新世紀初葉的門檻上，常常會在心底提出疑問：在這一百多年的時間裡，中國到底積澱了多少兒童文學經典名著？如今的我們又如何能夠重溫這些經典呢？

在市場經濟高度繁榮的今天，環顧當下圖書出版市場，能夠隨處找到這些經典名著各式各樣的新版本。遺憾的是，我們很難從中感受到當初那種閱讀經典作品時的新奇感、愉悅感、崇敬感。因為市面上的新版本，大都是美繪本、青少版、刪節版，甚至是粗糙的改寫本或編寫本。不少編輯和編者輕率地刪改了原作的字詞、標點，配上了與經典名著不甚協調的插圖。我想，真正的經典版本，從內容到形式都應該是精致的、典雅的，書中每個角落透露出來的氣息，都要與作品內在的美感、精神、品質相一致。於是，我繼續往前回想，記憶起那些經典名著的初版本，或者其他的老版本——我的心不禁微微一震，那裡才有我需要的閱讀感覺。

在很長的一段時間裡，我也渴望著這些中國兒童文學舊經典，能夠以它們原來的面貌重現於今天的讀者面前。至少，新的版本能夠讓讀者記憶起它們初始的樣子。此外，還有許多已經沉睡在某家圖書館或某個民間藏書家手裡的舊版本，我也希望它們能夠以原來的樣子再度展現自己。我想這恐怕也就是出版者推出這套書系的初衷。

也許有人會懷疑這種懷舊感情的意義。其實，懷舊是人類普遍存在的情感。它是一種自古迄今，不分中外都有的文化現象，反映了人類作為個體，在漫長的人生旅途上，需要回首自己走過的路，讓一行行的腳印在腦海深處復活。

懷舊，不是心靈無助的漂泊；懷舊也不是心理病態的表徵。懷舊，能夠使我們憧憬理想的價值；懷舊，可以讓我們明白追求的意義；懷舊，也促使我們理解生命的真諦。它既可讓人獲得心靈的慰藉，也能從中獲得精神力量。因此，我認為出版本書系，也是另一種形式的文化積澱。

懷舊不僅是一種文化積澱，它更為我們提供了一種經過時間發酵釀造而成的文化營養。它為認識、評價當前兒童文學創作、出版、研究提供了一份有價值的參照系統，體現了我們對它們批判性的繼承和發揚，同時還為繁榮我國兒童文學事業提供了一個座標、方向，從而順利找到超越以往的新路。這是本書系出版的根本旨意的基點。

這套書經過長時間的籌畫、準備，將要出版了。

我們出版這樣一個書系，不是炒冷飯，而是迎接一個新的挑戰。

我們的汗水不會白灑，這項勞動是有意義的。

我們是嚮往未來的，我們正在走向未來。

我們堅信自己是懷著崇高的信念，追求中國兒童文學更崇高的明天的。

二〇一一年三月二〇日

於中國兒童文學研究中心

蔣風，一九二五年生，浙江金華人。亞洲兒童文學學會共同會長、中國兒童文學學科創始人、中國國際兒童文學館館長。曾任浙江師範大學校長。著有《中國兒童文學講話》《兒童文學叢談》《兒童文學概論》《蔣風文壇回憶錄》等。二〇一一年，榮獲國際格林獎，是中國迄今為止唯一的獲得者。

目錄

「下次開船」港

一　先從唐小西講起

這個故事的題目叫做〈「下次開船」港〉，就是說，這兒要講一個關於海港的故事。為什麼這個海港要叫這麼個名字，為什麼船都要到「下次」才開？這是怎麼回事兒呀？如果所有的船都要到「下次」才開，這是好還是壞呀？如果要早些開船，又怎麼辦哪？

別忙，這個故事得先從一個叫唐小西的小男孩講起。

有這麼一個叫唐小西的小男孩，他是小學四年級的學生，這就是說他今年十歲了。他長得非常瘦，腦袋很大，兩條腿卻又細又長。他的身體好像不太好，他一做功課就打呵欠；可是一玩兒起來，他就來了勁兒，身體又好像棒得很。他的算術和語文都不太好，這兩門功課老是輪流得三分。你說他沒有本事，可是他會溜冰，游泳，踢小皮球，摸魚，釣魚，逮小蟲兒，用橡皮弓打麻雀，捏泥人兒，用小刀在桌上刻小人兒，還會用硬紙殼做假面具，把自己化裝成一個長著大花臉的古代英雄；總之，差不多所有十歲的小男孩會的把戲他都會。

因為他愛玩兒，一玩兒起來沒個夠，姐姐小梅就管他叫「玩兒不夠」。當然他自己不怎麼同意這個外號。要讓小西自己來說，根本不是什麼玩兒得太多，玩兒起來沒個夠，而是玩兒得太少，玩兒起來老不痛快。比方：有好幾次踢小皮球，總是當他在那個鋪滿小草的球場上正跑得帶勁兒，或者正預備射門的時候，上課的鈴聲就響了。有好幾次晚飯後，他背上自己做的木頭步槍跟後院的小孩們打仗，總是當他正準備來一個大衝鋒的時候，或者正在衝鋒的時候，不知道怎麼天就黑了，媽媽馬上就逼著他回屋裡去溫習功課。就是到了星期天，玩兒起來也不見得痛快。有一個星期天下午，小西到城外去釣魚，他坐到湖邊好像沒有多大會兒工夫，大玻璃瓶裡頭才不過裝進了幾條「穿釘」和小泥鰍，連一條鯽瓜兒都沒有，姐姐突然從他背後出現了。也不知道姐姐是怎麼找到這兒來的。一見面姐姐就挺橫地把他批評了一頓：「真是一點時間觀念都沒有！知不知道，都快六點鐘了！」小西也很生氣，馬上就頂回去：「六點就六點！你，小大人兒，才不怕你！」

說不怕，可是他心裡還是有些著急。也不知道是從哪一天開始的，小西感覺耳朵旁邊從早到晚總是有那麼一種聲音在催促他：六點了，七點三十了，八點一刻了，十二點了！……意思就是：起床吧，上學吧，上課吧，再上課吧，吃飯吧，再吃飯吧！……好像老師、媽媽和姐姐都故意給他找麻煩似的，他非常生氣。

不管他生不生氣，總是不斷有人叫：兩點差一刻了，四點過一刻了，九點半了，九點三十五分了！……

慢慢地，小西又覺得另外有一個怪東西特別喜歡同他搗蛋，就是不讓他痛痛快快地玩兒。那個看不見的怪東西叫時間，他比誰都厲害，明明是他管著老師、媽媽和姐姐，再讓老師、媽媽和姐姐來管小西；可是姐姐動不動又對小西說：「抓緊時間啊，抓緊時間啊！」好像小西又能管住時間似的。

這到底是怎麼回事兒？如果時間是能夠抓住的，那麼他到底是什麼東西？是什麼模樣？為什麼又這麼厲害？

當然，小西覺得所有這些問題都沒有什麼了不起，用不著怎麼費腦筋，只要讓他動動姐姐那個小鬧鐘，馬上就什麼都明白了。所有的時間不都是裝在各種大大小小的鐘裡頭的嗎？

姐姐從來不許小西動那個小鬧鐘。那是一個漆著紅漆的圓圓的小鬧鐘，放在姐姐的書桌上，看起來真是好玩兒極了。

有一次，姐姐不在家的時候，小西實在忍不住了，就偷偷動了動那個小鬧鐘。他先只是用一隻手小心地摸了摸鬧鐘的玻璃面。可不是嗎，時間就住在裡頭；裡頭就好像有一顆心在跳動似的。旁邊沒有別人，慢慢他又伸出了另外那隻手。

他把鬧鐘翻過來掉過去，仔細地觀察了那些鈴，長長短短的針和鑰匙以後，心裡就想：時間是怎麼樣裝進去的，裡頭還裝了一些什麼呀？……

沒有人回答他的問題。鬧鐘只是輕快地哼叫著：滴答，滴答，滴答！……

他真想馬上拆開鬧鐘看一看，但是一想到姐姐生氣的模樣，就不敢動手了。一會兒他想到了另外一個主意，給自己作了一個讓步。

他小聲對自己說：「我只試試鈴兒，看看它是怎樣響的。反正我又不弄壞它……這算不算調皮？當然不算呀！」

他就把鬧鐘翻了過來，先擰一把鑰匙。這把鑰匙緊得很，擰不動。接著他又擰另外一把鑰匙。這次可是擰動了，但是鈴兒不響。於是他一邊又去擰中間的那把鑰匙，一邊小聲說：「嘿，真怪，兩個小玩意兒不吭氣兒，啞了！」

正在這個時候，不知怎麼鈴兒突然一下大聲叫喊起來了：

「丁零零，丁零零零……」

小西嚇了一大跳，什麼也來不及想，也忘記了姐姐並不在家，連忙放下鬧鐘，轉身就飛快地逃出去了。鬧鐘一直還在小西背後大聲叫喊，好像故意向大家報告小西做了壞事似的。

二　住在鬧鐘裡的小人兒

小西沒有猜錯，時間的確是住在鬧鐘裡頭。時間是一個形狀很奇怪的小人兒。過了幾天，小西就親眼看見了這個小人兒，他們倆談了話，甚至彼此還爭吵了一場哩。

這件事是在星期六的晚上發生的。

星期六下午，媽媽早就給小西和小梅一人買了一張電影票，準備讓他們一吃完晚飯就去看木偶片《黑熊歷險記》。可是小西不知道，他放了學同兩個同學到集郵公司買郵票去了。在集郵公司裡他們不過待了一會，買完郵票他們馬上就回家，在大街上幾個櫥窗前面又不過站了一會，不知道怎麼，回家就又過了六點了。媽媽非常生氣。正在這個時候，姐姐還揭發了小西最近的成績怎樣怎樣不好。媽媽馬上就要了他的成績冊來看。果然，這兩個星期小西沒有一門功課得五分，他的「語文」好容易得了一個四分，可是「算術作業」又得了三分。媽媽再一檢查，發現小西根本就沒有好好做算術習題。因此，媽媽就不讓小西去看電影了，叫小西在吃完飯以後，九點鐘以前，把所有沒有做的算術習題都補做上。

姐姐臨去看電影的時候，怕小西不好受，想安慰小西兩句，結果她說著說著又變成教訓小西了。姐姐把鬧鐘拿到小西桌上來，說：「今晚上鬧鐘可以讓給你用。你可要自覺，好好做習題，一直做到九點鐘，這算是對你的考驗。你應該明白，這是因為你過去太不用功，今晚上媽媽才取消了你看電影的權利。你應該自覺一點努力……」她越說越得意，如果不是怕耽誤了電影，她不知道還要說多少才能住嘴哩。

小西心裡很不高興。要在過去他早就鬧了起來，因為他認為他做的事情都有道理；可是這次媽媽生了氣，他有什麼道理都不好往外拿了。姐姐走了以後，他只好對著鬧鐘坐下來。

打了好幾個呵欠，費了好大力氣，他才翻開了算術練習本，慢慢在上面抄上：

「糧食公司昨天運到大豆一六五袋……」

寫了這麼一句他就又停下了。他的心怎麼也鑽不進糧食公司去。但是，不知道怎麼，他卻一點力氣也不費就走進了那個他沒去成的電影院。他覺得他好像正坐在看電影的人們中間。銀幕上有一個笨拙的大黑狗熊學人的樣子站了起來，慢慢又用兩條後腿走路，慢慢又跳起舞來了。他好像還看見了許多模樣很滑稽的木偶在那兒打架，在那兒翻筋斗。可是，當他想多看一兩眼的時候，他什麼也看不見了。他早就聽同學說《黑熊歷險記》這個片子多麼有趣，向媽媽要求了兩次，媽媽才給他買了票，而現在突然一下什麼都完了，以後媽媽一定不會再給他買這個片子的票了。想到這兒，他心裡真是難受極了。接著他想起姐姐一個人在看電影，仿佛看見姐姐在得意地發笑。他又記起了姐姐剛才教訓他的那種神氣。

於是小西從練習本上扯了一張紙下來，開始畫姐姐的漫畫。他故意要把姐姐畫得難看一些。首先是把姐姐的嘴畫得特別大，這表示姐姐老愛說別人壞話。隨後他畫了一個尖鼻子，這表示姐姐對人很厲害。姐姐的鼻子本來有些尖，可是不像他畫的那樣尖。畫完了他覺得不像姐姐，就用橡皮擦了再畫。畫來畫去，改來改去，結果是畫出了一個又髒又黑的大鼻子。這可不是他故意的。接著，他又費了很大力氣，給姐姐添了一頭亂糟糟的頭髮，簡直成了一個鳥窩。他怕別人說這漫畫不怎麼像姐姐，就又在旁邊寫了幾個字：「這是小梅。」他想這樣一來別人就會相信他畫的是姐姐，而不是另外一個女孩子了。最後他在姐姐的嘴旁邊添了兩條線，在裡面點了許多小點兒，還畫了一個大驚嘆號。不用說，這是表示姐姐教訓旁人時候的許多話。

「滴答，滴答，滴答！……」鬧鐘的聲音突然變得響亮起來了。小西抬頭看了看，六點五十七分了。那就是說，還差三分鐘就是七點了，他連一道題都還沒有寫完哩。他連忙又在本兒上寫了幾個字。

「……運到大米的袋數……」

寫到這裡他突然又想起剛買來的匈牙利郵票，「是不是弄丟了？」他馬上從口袋裡把那個夾郵票的小本兒掏出來，翻出了幾張帶著小狗的郵票，才放了心。

接著他欣賞起郵票來了。這些郵票上的小動物和顏色多好啊！

上次他想拿兩張日本郵票同王鐵鎖換一張這樣的郵票，王鐵鎖不幹，現在他也有了，王鐵鎖再來找他換日本郵票他還不換了哩。明天一定跟王鐵鎖比一比，看誰的匈牙利郵票好。

他從櫃子裡找出了集郵本。看了一看，他覺得郵票放得太亂了，馬上又給所有的郵票重新來分類。這一分可就麻煩了，這幾張到底是哪國的郵票啊？沒有辦法，他只好亂七八糟地把郵票都插到集郵本兒裡去了。

「滴答，滴答，滴答！……」鬧鐘又在催小西。小西一看，八點三十分了。他趕忙接著往下寫：「……是大豆的八倍，共運到大米……」

一會，他的眼睛又盯在姐姐的那張漫畫像上面了。他忽然覺得姐姐有許多地方都像教算術的王老師。王老師可厲害哪，老喜歡拿眼睛瞪人，姐姐也老喜歡批評人。王老師說的話不好懂，姐姐也喜歡說新名詞兒。當然她們兩人也有不同的地方。王老師常戴一副近視眼鏡，姐姐可從來不戴眼鏡，小西想，應該給姐姐添一副眼鏡，這樣她的神氣就更會像一個小大人兒了；而且，姐姐就會變得同王老師一樣難看了。「對，對！就這麼辦！」小西自己贊成自己，一邊給畫上的姐姐戴眼鏡，一邊還得意地笑了起來。

他這一畫開了頭，就來了勁兒。他給姐姐臉上畫了眼鏡，接著又在姐姐身旁畫了一個小黑熊，接著又畫了一個用洋鐵做的武士，接著又是一隻小狗，一隻胖鴨子，許多木偶……後來他自己也不知道到底畫了多少木偶。他畫了又畫，想讓這些木偶來演戲。

「滴答，滴答，滴答！……」鬧鐘又大聲叫起來，這一次的聲音比哪一次的聲音都大。

小西剛一抬起頭來，還沒有看清楚是幾點幾分，「啰嚓」一聲，鬧鐘背後的鋼殼突然自動彈開了。小西還沒有來得及想明白這是怎麼回事，接著一個小人兒從鬧鐘裡走出來了。那個小人兒很生氣地衝著小西喊叫：

「氣死我了，氣死我了！」

小西覺得過去好像在一本什麼童話裡看見過這麼一個小人兒似的，他戴一頂尖帽子，穿一套上下身連在一起的帶著方格的花衣服，就像一個馬戲團的小丑。他的嗓子很清亮，臉長得像小孩，可是又有些鬍子。小西想：他一定是「時間」，一定是看見我老畫畫兒生氣了，就連忙解釋：

「我才畫了一會兒……」

時間小人兒搖搖腦袋：「你騙人！你當我不知道你還幹了些什麼壞事。」

小西有些著急，說：「真的，我不騙你。我沒有幹壞事。我就是畫了一會兒畫。

還有，就是整理了一會兒郵票，再就什麼也沒有幹。我馬上就要做算術了。」

時間小人兒還是一連搖腦袋：「我不信，不信，不信！你還幹了一些什麼壞事？快告訴我，告訴我！」

小西也生氣了，說：「幹麼要告訴你。你管不著！」

「就管得著！」

「就管不著！」

「就要管！」

「就不許管！」

他們兩個你一句，我一句地吵開了。後來，時間小人兒氣極了，好像要哭的樣子，說：

「好，我不理你了！我馬上就走！以後你愛幹什麼就幹什麼，愛玩兒多久就玩兒多久。你不讓我管，我還早就不想幹了哩。我陪著你，把我都氣壞了。你以為我不會玩兒，我不想玩兒？現在，我也要玩兒玩兒去。再見吧！」

時間小人兒一邊說，一邊從鬧鐘裡取出了幾個齒輪，很快就用齒輪拼成了一輛自行車。他輕輕一跳就騎上了自行車，脫下帽來，對小西揚了揚說：「我走了。」

小西想說，等一等，讓我想一想！但是他還沒有來得及說出嘴的時候，時間小人兒馬上接著又說：「我再也不回來了。不過，不過……除非將來你要求我回來，我才來。再見，再見！」

說完了，時間小人兒就騎著自行車衝到窗臺上，像雜技演員似的在窗臺上表演了許多車技，然後他就沿著窗戶框一直往上衝，喝！他一下就從冬天裝火爐煙囪的洞裡衝出去了。

時間小人兒走了，鬧鐘的滴答聲馬上就沒有了。小西拿起鬧鐘來，使勁搖了好幾下，還是沒有聲音。他敲了敲那兩個鈴，也沒有聲音。鬧鐘根本就啞了。

小西想：這下可糟了！姐姐不知道時間是自己不幹了的，要是她對媽媽說是我弄壞了鬧鐘，那怎麼辦？……

三　畫上的姐姐也生氣了

他正在擔心姐姐生氣的時候，他畫的那個姐姐不知道怎麼一下就從紙上坐起來了。畫的那個姐姐不但比真的姐姐難看，而且比真的姐姐不講理。她一坐起來就指著小西的鼻子問：「鬧鐘怎麼不響了？」
小西回答：「不知道，不是我弄壞的。」
畫的姐姐火了：「一定是你弄壞的，一定是你！我要去告訴媽媽。我還要告訴王老師，還要告訴張老師，李老師，說你沒有做算術……」
小西說：「請你別告訴，我馬上就做。」
畫的姐姐搖搖腦袋，那一頭亂糟糟的頭髮也跟著亂晃動起來：「我才不相信！你根本就不想做。你一點兒也不自覺。你弄壞了鬧鐘，把時間小人兒都氣走了，你想永遠不上學！……」
畫的姐姐張著大嘴，比真的姐姐還能說。她一口氣不住往下說，小西想插嘴都插不上。畫的姐姐扶了扶眼鏡，接著又批評小西：「還有，你把我畫得這麼難看，難道我是這樣的嗎？」
小西看著她那個又大又黑的髒鼻子，和那一腦袋蓬亂的頭髮，覺得很不好意思，說：「我不是故意的。我不會畫頭髮……」
那個畫的姐姐聽了，馬上就拿出一把梳子來梳了梳頭，接著就又批評小西：「你為什麼不好好學圖畫？你的算術不好，你的圖畫也不好。還有，你的語文也不好，所有你的功課都不好！還有，你盡欺負小同學，你盡幹壞事！我一定要去告訴媽媽，我一定要去告訴媽媽！」

小西很害怕，就說：「不要，不要，不要去告訴，我再也不畫你了，下次我一定不了，一定不了！……」

畫的姐姐瞪著眼睛：「不行，不行！我一定要去告訴！你根本沒有做功課，你把鬧鐘弄啞了，你亂畫畫兒，把練習本兒都弄髒了，你還盡跟我吵嘴！……」

小西一點辦法也沒有，他說不過這個畫的姐姐。他又著急又生氣，扭頭就跑了出去。那個畫的姐姐還在後面不斷喊叫：「你到哪兒去？不許走，不許走！」

小西頭也不回拚命地跑著。

外面黑得很，什麼也看不見。可是很奇怪，他什麼也沒有碰著，也沒有摔跤。他又跑又跳，就怕那個畫的姐姐追來。

他跑呀，跑呀，簡直像飛一樣，後來，他突然聽到一個聲音：「小西，快看電影去吧！」

小西一聽說有電影看，馬上就把什麼不愉快的事情都忘得乾乾淨淨了。他停了下來，問：「什麼片子呀？」

「好片子，木偶片，演的是賽足球，好極啦！快去吧！去晚了就沒有座位了。」

小西覺得那個聲音不怎麼熟悉，聽不出那是誰在說話，就問：「你是誰呀？」

「我呀。」

小西還是沒有聽出他是誰來，又問：「『我呀』那個『我』又是誰呀？」

「你真傻，我就是我，你的好朋友呀。」

小西走過去一看，他從來就沒有看見過這麼一個好朋友。這是時間小人兒離開他以後，他新遇見的一個好朋友。那麼，這個好朋友到底是誰？

四　灰老鼠

他是灰老鼠。如果在平常，小西是不會認識這麼一個好朋友的；可是現在，時間小人兒走了，許多奇怪的事情就發生了。第一件奇怪的事情就是，小西遇見了自己從來不認識的好朋友灰老鼠。

灰老鼠年紀不太大，可是嘴邊留著稀稀拉拉的幾根鬍子。他老哈著腰，好像是對人很客氣，又好像是怕冷。

小西說：「怎麼我不認識你呀？」

灰老鼠咂了咂嘴，說：「怎麼不認識呀？就認識。我是灰老鼠，我叫『老沒夠兒』。你是小西，叫『玩兒不夠』……」

小西聽了很不高興，連忙糾正他說：「不，我不叫『玩兒不夠』，我就叫小西。」

灰老鼠說：「沒關係，沒關係！叫什麼都一樣！小西，你還記得我這個好朋友嗎？」

聽他這麼說，小西又覺得好像在哪兒見過他似的，說：「好像記得。那麼，你是真的老鼠嗎？」

灰老鼠很快地眨了眨小圓眼睛：「一點兒不假。不，一點兒也不真。我不過是一個玩具老鼠。我待人可好咧，誰都喜歡我。你忘了，你不是也很喜歡我嗎？」

聽他這麼說，小西記起來了。小西是有過一個玩具老鼠。那個老鼠肚裡有一根橡皮筋，只要緊一緊橡皮筋，他就會自動跑起來。小西說：「真的嗎？我很喜歡你嗎？」

灰老鼠說：「當然喜歡哪！走吧，玩兒去吧！」

「上什麼地方玩兒去？」

「一個最好玩兒的地方。那兒簡直比好玩兒還好玩兒，比快樂還快樂。那兒玩具多極了，要什麼有什麼，愛玩兒多久就玩兒多久。而且，根本就用不著做算術習題。」

小西高興極了，問：「那兒有電影看吧？」

「有的是，愛看多少就看多少。那兒還有游泳池，還有溜冰場，還有……」

小西現在一點也不討厭灰老鼠了，連忙催：「真的嗎？快去吧，快去吧！」

灰老鼠慢慢從頭到腳看了小西一眼，搖搖腦袋說：「不成，不成！你這樣兒還去不了！」

「為什麼？」小西這一下可愣住了。

灰老鼠說：「別著急呀！有辦法，你只要換一個影子就能去了。」

小西高興得跳起來：「真的嗎，真的嗎？」

灰老鼠很認真地回答：「誰還騙你！」

接著他就告訴小西：那個比快樂還快樂的地方是玩具們住的地方。那些玩具們可都討厭小孩們，因為小孩們老欺負他們。所有的玩具都反對小孩們到他們那兒去。他們一看見是一個小孩來了，他們就會把門關上，關得緊緊的。但是，如果小西換上一個玩具的影子，他們就會以為小西也是一個玩具，就會讓他進去了。

灰老鼠說的這一套話當然是一個詭計。小西可沒有好好想一下，只問：「那麼，你換不換影子呢？」

灰老鼠眨了一眨小圓眼睛：「我不用換，因為我根本就是一個玩具，不是一個小孩。如果是玩具，就不用換。如果是小孩，就非換不可。你是小孩，所以，你就要換。不換就不能去玩兒。」

小西想，換影子有什麼了不起，只要能去玩兒，換就換吧！他說：「你給我換一個什麼樣的影子？可不要太大的呀。」

灰老鼠說：「沒有大的，沒有大的。給你換一個又小又漂亮的影子，你放心好了。」

這時候小西忽然想起了一個問題。他沒有換過影子，可是他拔過牙，他問：「換影子疼不疼啊？」

灰老鼠一把抓住了小西的一條腿說：「一點兒也不疼。只動一個小手術。」

五　一個能說話的影子

灰老鼠馬上掏出一把小剪子來，動手剪小西的影子。剪起來真的不怎麼疼，只有一點癢癢。癢得小西都有點想笑了。灰老鼠很快就把小西的影子從腳後跟剪下來了。剪下來的那個影子就像剛釣起來的一條活魚一樣，拼命地動彈。老實說，小西從來沒有注意過自己的影子，想不到影子原來還是活的哩。小西有點發慌，正不知道怎麼著的時候，灰老鼠早已把小西原來的那個影子，像揉破紙一樣揉成一團，扔得遠遠的了。接著灰老鼠又從兜裡掏出一個影子，不知道他用個什麼辦法，很快一下就把這個影子粘在小西腳後跟上了。

灰老鼠站起身來，欣賞了一陣小西新換的影子，對小西說：「你自己瞧瞧，你現在有了多麼漂亮的一個影子啊，誰看到了這個影子，都會把你當成一個漂亮的泥娃娃的。」

小西低頭看了看，覺得很不高興。原來這新換上的影子是一個長長的影子，雖然不很大，可是難看得很，有點兒像老鼠，又有點兒像乾瘦的老頭兒。

小西說：「這麼難看，一點兒也不像我！你看，影子的嘴上還有鬍子，真難看！」

「你才難看咧！幹麼要像你，你是你，我是我！」

影子突然大聲說話了，把小西嚇了一跳。小西從來沒有想到一個影子還能說話。這個影子有一副山羊嗓子，嗓門可大咧。

小西有點驚慌，連忙解釋：「你別生氣，我不過說……」

這個影子不等小西說完，就大聲嚷嚷開了：

「什麼『不過說』！就不許你說！你知不知道，咱們倆是平等的。什麼叫平等？那就是說，以後你不能隨便說我。這還不算，以後你還得聽我的。」

小西小聲說：「聽你的？那我還得想一想。」

「不許想！就要聽我的，就要聽我的！」

這時候灰老鼠就來勸他們：「別吵了，別吵了！小西的新影子又聰明又漂亮，不論什麼影子都比不上他。小西是好孩子，以後一定要聽影子的話。」

灰老鼠這麼一說，影子才暫時不作聲了。但是這個影子非常喜歡多嘴，過不了一會，他又不耐煩地用山羊嗓子叫開了：「咱們什麼時候走啊？站在這兒多沒意思！剛才不是說到什麼地方玩兒去，到那個什麼地方……」

小西說：「比快樂還快樂的地方。」

影子很生氣地叫：「不許你說，我知道！到那個『快樂快樂』的地方去玩兒，快走吧，快走吧！」

灰老鼠說：「別催，別催！這就走。」

六　在路上

現在，他們動身了。如果我們不知道前面那幾段故事，突然在路上遇見他們，一定會以為他們是兩個人，小西和灰老鼠（誰也不會把影子當成一個人的）；但是我們現在已經知道了，他們是三個人：小西，灰老鼠和一個脾氣很壞、喜歡亂說話的影子。他們三個人在一條很長很長的道路上不斷往前走。

小西帶著這個新換上的影子走路，麻煩真不少。這個影子非常沉重（這也是這個影子同小西原來的影子不同的地方，小西原來的那個影子一點重量也沒有）。現在小西拖著這樣一個影子，腳上就像穿上了爸爸的長筒膠皮靴似的，邁一下步都得費好大的氣力。小西走慢了，影子還不斷抱怨。後來小西都走得出汗了，影子還不耐煩地催：「快些，快些！」等到小西走快了，影子又抱怨說：「幹麼走得這麼快呀，你要把我拖壞怎麼的？」灰老鼠也跟著說：「是啊，小西應該注意一點。」

過不了一會，影子又大聲叫起來了：「你看你，根本就不管不顧，你把灰土都踢起來了，把我身上都弄髒了！」

小西沒辦法，只好道歉說：「我不是故意的，下次我注意得啦！」

就這樣，他們三個不斷往前走。朦朦朧朧，他們好像在小胡同裡走，又好像在山谷裡走，又好像在森林裡走。朦朦朧朧，他們拐了一個彎又一個彎。就這樣走呀走呀，也鬧不清楚他們到底走了多久，到底走了多遠。後來，小西走得腿都有點發酸了，就問：「到底還要走多少時候啊？咱們都走了幾十個鐘點了。」

灰老鼠說：「沒那事兒！」

影子嘲笑小西說：「他害怕了，他害怕了！」

小西說：「我走累了。幾個鐘點總有了吧？」

灰老鼠冷冷地回答：「也不對。現在沒有時間了，反正是不算鐘點了，走多少時候都沒有關係。」

影子又接著說：「是啊，愛走多少時候就走多少時候。我都沒累你還累，你淨瞎胡說！」

小西有些生氣了，對影子說：「是我帶著你走，你一點都不出力，怎麼會累呀！你不相信，我兩條腿都發酸了。」

灰老鼠說：「別吵了，別吵了！我教給你一個咒語，一念就不會累了，『不累不累就不累，下課買糖喝汽水。』你要腿酸了，我也有一個咒語，一念兩腿就不發酸了，『不酸不酸真不酸，騎車踢球逛公園。』我還有一個咒語，誰要不累，一念了準累，你要不要聽？」

小西連忙打斷他：「我不要那樣的咒語。」

小西就開始念那個叫人「不累」和那個讓腿「不發酸」的咒語：

不累不累就不累，
下課買糖喝汽水。
不酸不酸真不酸，
騎車踢球逛公園。

他一連念了好幾遍，果然就覺得好多了。他們三個就這樣在朦朦朧朧裡面東拐一個彎，西拐一個彎，繼續不斷朝前走。

後來，影子要求灰老鼠：「把那個叫人累的咒語教給我吧，我一點都不覺得累，太沒意思了。」

灰老鼠點頭：「好吧！這個咒語是這樣的，『說累就累不稀奇，準備考試做習題。』」

小西聽了，突然想起了一件事：「哎呀，糟糕！我的算術習題還沒做。」

影子說：「你又來了！你看你多麼膽小，要是我就乾脆不做！」

灰老鼠安慰小西說：「沒關係！這一次不做，下一次再做也是一樣。」

小西說：「媽媽會說我的。」

灰老鼠說：「唉，你真是！媽媽說兩句，一點都不要怕。她不會當真發脾氣。你忘了，哪一次她說了你，以後不是馬上又給你買糖買玩具？」

小西說：「可是還有姐姐……」

影子大聲喊起來：「小大人兒！才不怕她咧！給她在黑板上畫一幅大大的漫

畫，讓同學們都瞧見，看她以後還敢不敢訓人！」
灰老鼠說：「對，好主意！」
小西說：「那麼，好吧！我只玩兒這一次，下一次一定不玩兒了。」
灰老鼠和影子同時叫起來：「對，就這一次！下次一定不玩兒了。」

七　「下次開船」港

他們三個就這樣在朦朦朧朧裡面，東拐一個彎，西拐一個彎，繼續不斷朝前走。後來，不知道是什麼時候，他們就到了那個「比快樂還快樂的地方」。

原來這個地方另外有一個奇怪的名字，叫做「下次開船」港。這個地方真是有些特別。碼頭旁邊船隻真是多，什麼大汽船，小火輪，帆船，漁船，貨船，一直到帶雙槳的遊艇都有，但是一隻都不動。輪船的煙囪差不多都不冒煙。有一兩隻煙囪只冒了半截煙，可是那半截煙就像畫片上的煙一樣，老是那個樣兒，不升上去，也不降下來。帆船也一樣，多數都沒有把帆升起來。有一兩隻船升起了帆，可又只升了一半，也是不上不下。這到底是怎麼回事呀。

小西問：「為什麼，為什麼這些船都不動呀？」

影子冷笑了一聲：「哼，這還要問！真是什麼都不知道似的！」

灰老鼠說：「這兒的船就是不動。不動就是不開唄。」

小西又問：「就老也不開了？」

灰老鼠說：「誰說老也不開！是說這次不開，下次開。不信你看，只要到了『下次』，船就準開。」

小西又看了一看，發現這裡的海水像墨水一樣又稠又黑，沒有波浪，也沒有一絲波紋。他忍不住又問：「為什麼，為什麼這兒的水都是不動的呀？」

影子搶著回答：「不是早就告訴你了，這次不動，下次就動。」

小西又注意到了天空。天上掛著幾塊雲彩，都固定在一個地方，也是老不動。那些雲彩都好像凝固了，又厚又沉重，可是又不掉落下來。小西說：「那些雲也不動，也是要到下次才動嗎？」

影子和灰老鼠同時回答：「對，下次。」

「那麼，這些花兒呢？」小西看見身旁的一些小樹，上面樹葉很少，有些花苞，也都沒有開放，「花兒也要下次才開嗎？」

影子不耐煩了：「當然是『下次』才開啊。」

小西說：「老『下次』『下次』，到底『下次』是什麼時候呢？」

灰老鼠說：「什麼時候？那可不知道。你忘了？咱們現在是沒有時間了，所以也沒有鐘點，沒有早晚，沒有日子了。」

沒有鐘點，沒有早晚，沒有日子，這是怎麼回事呀？小西正在發愣，突然聽見一個奇怪的聲音，一陣一陣，好像什麼地方有人在拉風箱。他問：「這是什麼聲音？」

灰老鼠聽了一聽，馬上用手打起拍子來，說：「歌聲，好極了！這是這兒最偉大的音樂家洋鐵人在唱歌兒。」

影子叫了起來：「好聽極了，好聽極了！他唱得又響亮，又熱鬧，真是美極了！」

小西又聽了一聽，說：「這是什麼歌兒，這不是打鼾的聲音嗎？」

灰老鼠說：「胡說！什麼叫『打鼾』？我晚上出來，淨聽見這樣的歌聲，聽了都不知道多少次了。要是晚上能聽到這樣的歌聲，我就有了好運氣，就什麼都順利。要是聽不到這樣的歌聲，要是這個歌聲突然停住，那就壞了。為什麼壞了，我不告訴你。真的，這是一個歌兒，不騙你！」

在遠處，那洋鐵人還一個勁兒在唱，「呼——嚕——，呼——嚕——，呼——嚕……」

小西說：「他真能唱，唱了這麼老半天，也不覺得累。」

「那我也行！」灰老鼠馬上放開了嗓子，也唱起那個「呼嚕呼嚕」歌來了。

接著影子也用那個山羊嗓子唱開了。

八　白瓷人

前面是一個柵欄。柱子上掛著一塊銅牌子，上面寫著幾個大字：「下次開船」港。這就是「下次開船」港的大門。大門旁邊有一張鐵床，上面躺著一個枕著高高的枕頭的大胖子。大胖子一邊打呵欠，一邊不斷從枕頭下面掏東西出來吃。他是白瓷人。一看見小西他們，白瓷人就喊叫：「不許進來，不許進來！洋鐵人讓我守在這兒，他說，不是咱們的朋友，誰也不許進來！」

灰老鼠往前走了幾步，說：「哦呵喲（這是白瓷人的名字），你還記得嗎？

我是洋鐵人的好朋友。」

白瓷人斜著眼睛看了看灰老鼠，打了一個呵欠，說：「記得，記得！你是『老沒夠兒』，咱們是好朋友。我可想你啦！你好吧？不成問題，你是可以進來的。可是你不要讓我多說話。我現在身體不怎麼好，不能多說話。所以，親愛的好朋友，我只能非常簡單地，簡單就是說不複雜，不多廢話，我非常簡單地告訴你的就是，我現在正在想辦法減輕體重，要不多不少減輕兩公斤。減輕兩公斤呀，你知道，這不是一件容易的事，真不簡單！所以我就要多睡一會，不然，就多躺一會，還有，就是要多吃一些好東西。我老是那麼睡呀，躺呀，吃呀，喝呀，簡直都把我累壞了。唉呀！可惜我只能簡單地說這麼一點，還有好多苦處，我一下都說不完。真的，好幾個大夫都這樣說，要我減輕體重，不多不少兩公斤，辦法就是多睡多吃，所以我就……」

話還沒說完，他就又從枕頭底下摸出一大把糖果，一下都填到嘴裡去了，把兩個腮撐得鼓鼓的。

小西說：「你老這麼吃，就更會胖了。」

白瓷人一聽，馬上對小西瞪起眼睛來，又是一口氣接連說下去：「你是誰？

我不認識你。你也許，大概，一定不是我的好朋友。你知道我是誰？我就是白瓷人，我叫『哦呵喲』。誰都知道白瓷人，白瓷人就是洋鐵人的好朋友。你相信吧？對！你不做聲就是相信。因為我是洋鐵人的好朋友，所以我的話都沒錯兒，準沒錯兒。唉呀！你不應該讓我多說話。我身體不好，不能多說話。所以我也只能簡單一點告訴你，像剛才告訴我的好朋友灰老鼠的話一樣簡單，要多吃一些才能瘦，意思就是，就是……唉呀！我說到哪兒去了？哦！我記起來了，你又讓我多說了話，把我都累壞了！你太調皮了，我不讓你進去！而且，最重要的是，我不認識你。至於灰老鼠，他是洋鐵人的好朋友，也是我的好朋友。他認識我，我也認識他。他當然可以進去。你呢，就不可以！」

灰老鼠說：「讓他進去吧！他叫小西，他最不喜歡做算術習題，是咱們的好朋友。」

白瓷人聽了這些話，就高興起來了：「我知道了，我知道了，他就是那個『玩兒不夠』。我認識他，可以讓他進去，可以！這兒是個好地方，除了玩兒還是玩兒，什麼事也不用做。不過，我有些不放心，因為他現在還不是一個玩具。他換了自己的影子沒有？」

小西正想開口，影子搶著說：「換了，換了，我是一個古老的影子，而且……」

灰老鼠接著幫影子介紹說：「而且他是一個漂亮的影子，他就是小西新換的影子。」

影子說：「不，應該說，我完全不是他的影子。我一點兒也不像他。我不但不聽他的，而且他還得聽我的，簡直他都快成我的影子了。」

小西很不高興，對影子說：「不對，我不是你的影子。你再胡說，我就不要你了。」

影子馬上就跟小西吵起來：「你敢，你敢！」

白瓷人聽了哈哈大笑起來，說：「沒關係，沒關係！誰是誰的影子都一樣。來吧，來吧！先進來睡一個覺吧！」

灰老鼠說：「他不愛睡覺，他愛的是玩兒。」

白瓷人說：「玩兒？玩兒就玩兒唄，以後再睡也行。」

於是他開了柵欄的門，把小西他們放進去了。

九　小西當算術老師

這兒真像灰老鼠說的，是玩具們的世界。小西他們進來以後，最先遇見的是小熊和絨鴨子。當然，他們兩個都是玩具。可是他們兩個都有點兒像小西，那就是說，他們兩個都是怕溫習功課的玩具。在過去，小熊一動手做算術習題，就覺得牙疼。絨鴨子一遇見算術難題，就覺得腿酸。所以，有那麼一天，他們也和小西一樣，就從家裡逃到這個只管玩兒不管念書的地方來了。但是當小西在這兒遇見他們兩個的時候，他們兩個正在做算術習題哩。這是怎麼回事兒？原來他們兩個在這兒什麼都玩兒過了，什麼都玩兒膩了，後來他們想變個花樣，小熊說，「咱們來做算術玩兒吧。」絨鴨子說，「對！這是一個新鮮玩意兒。」

小西看見他們兩個的時候，他們兩個都低著腦袋，蹲在一個沙坑旁邊，使勁兒畫圓圈兒。

小西看了一會看不懂，就問：「你們這畫的都是些什麼呀？」

小熊回答：「大蘋果。」

影子馬上就插嘴：「哼！畫得不圓，一點兒也不像！」

小西連忙制止影子：「你別亂說話！」

小熊和絨鴨子兩個都沒有注意到小西的影子能說話，他們把影子說的話，和小西對影子說的話都當成是小西對他們兩個說的。小熊生氣了：「怎麼啦？你問咱們還不許咱們說！」

絨鴨子也很生氣地說：「你是誰？你幹麼看不起人，真沒有禮貌！」

小西只好向他們賠不是：「對不起，真對不起！我是小西。我沒有看不起你們，剛才也不是說你們的。我，我是想問你們為什麼要畫這麼多蘋果。」

絨鴨子說：「這呀，這是一道習題。」

小熊補充說：「一道算術習題。可難算哩！媽媽拿來了四盤蘋果，每盤有，有兩個……」

這一次，影子沒作聲，可是灰老鼠又插嘴了：「幹麼要演算術呀？真沒意思！」

小熊和絨鴨子一起說：「就有意思！」

小西說：「好吧，咱們一起來算吧！這道習題還怎麼說？」

絨鴨子想了一會，說：

「還有，就是說呀，就是說呀，蘋果給了弟弟們六個，問還剩了幾個。」

小熊說：「一盤才兩個蘋果，給弟弟六個，那哪兒夠呀！」

小西想，這還不容易！他覺得他應該幫助他們一下，就說：「你真糊塗……不，對不起，對不起！你別生氣！剛才不是說，一共有四盤蘋果，就是說有八個蘋果，那不就夠了嗎？」

這時候，影子打了一個呵欠，灰老鼠跟著也打了一個呵欠。

絨鴨子說：「八個蘋果，有這麼多呀？可是，有幾個弟弟呢？題目上沒有說有幾個弟弟。」

小西幾乎又急了：「題目上沒有說，有幾個弟弟就不用管了唄！」

小熊說：「不管有幾個弟弟，那還能算出來！」

灰老鼠又打了一個呵欠：「那就不用算了，反正算出來也沒有什麼意思。」

小熊有個倔脾氣，別人越反對的事，他越要幹。過去老師反對他玩兒，他就偏要玩兒。現在，他打算做算術了，灰老鼠反對他做，他就偏要做。他對灰老鼠大聲嚷：「就要算，有意思！」

絨鴨子也跟著叫：「有意思，有意思！」

灰老鼠可是真不喜歡演算術的，看他們一定要算下去，他就又一連打了兩個呵欠，說：「好吧，有意思，你們算去吧，我有些頭疼。我可要先走了，到我朋友洋鐵人那兒休息休息去。回見，回見！」

說完他就真的一個人先走了。

絨鴨子說：「灰老鼠不是好學生，你看，他一聽說做算術就頭疼。以前，我也是這樣，一聽說要做算術，我就……」

小熊搶著代她說：「你就腿酸。我呢，就牙疼。後來呀，連我的頭髮都疼起來了。」

絨鴨子說：「什麼什麼呀，頭髮是不會疼的，你胡說！」

這時候，影子突然忍不住大笑起來。小熊以為是小西在笑，就對小西說：「你笑什麼？真的，不騙你！」

絨鴨子也對小西說：「你應該幫助人，不應該嘲笑人。嘲笑人是不好的。」

小西窘極了，只好說：「我沒笑。這不是我，我可沒有嘲笑你們。好，別扯這個了。咱們還是來做這道算術題。這道題很容易。這是『二十以內的乘法』，我早都學過了。現在我都學了『百萬以內的乘法』了。」

絨鴨子說：「喝，真棒！什麼叫百萬啦？」

「你別著急呀！百萬是好多好多個二十。你連二十以內的乘法都還沒有學好，還要問百萬以內的乘法怎麼做，那可不行！你們好好聽著，這道習題是這樣做的……」

小西清了一下嗓子，就開始當起絨鴨子和小熊兩個的教員來了。可是清了嗓子以後，他忽然又沒有話說了。他平常有些不佩服自己的算術老師，覺得老師講得不好，可是到他自己當起老師來的時候，才知道老師是不好當的。於是他又清了幾下嗓子，話才來了：「比方說呀，要做好這道算術題，先要明白這用的是個什麼『法』，是加法、減法、乘法，還是除法，還要呀，先明白一個原理……」

絨鴨子馬上就問：「圓的？圓的什麼呀？」

「原理」這兩個字，小西是從王老師那兒聽來的，真要他講，他就講不上來了。他想了一會，又清了兩下嗓子，說：「不是『圓的』，是『原理』。『原理』嘛，就是『原理』。咱們先不談這個。這個沒有關係。比方說呀，先要明白，這道習題要分兩步……」

絨鴨子又問：「什麼叫『兩步』呀？」

小熊對絨鴨子說：「你別老攪他呀！」

小西想了一想，覺得這個「兩步」也不容易說清楚，就說：「對呀，你別攪我呀！聽我說，你們先畫四個盤子。」

小熊叫：「我來畫！」

他馬上就用手指頭在沙坑裡很仔細地畫了四個圈兒。

小西說：「對！這算四個盤子。現在，在第一個盤子裡畫兩個蘋果……對！在第二個盤子裡也畫兩個蘋果……對！」

絨鴨子突然大叫起來：「什麼什麼呀！那個蘋果太大，都快從盤子裡滾出去了。」

小熊很生氣：「不會滾出去的，就不會！」

小西說：「滾不滾出去沒關係，反正待會兒就會分掉的。你們老嚷嚷我不講了。」

絨鴨子和小熊都說：「我們不嚷嚷了，你講吧。」

小西幫小熊很快把所有的蘋果都畫出來了，接著又往下講：「你們看著，現在分蘋果了。不是分給弟弟們六個蘋果嗎？你們看，一、二、三、四、五、六……」

他一邊說一邊就把三個盤子裡的蘋果都抹掉了。

絨鴨子突然又叫：「你連盤子都給他們了。可是，到底有幾個弟弟呀？」

小西有些不耐煩了。「唉！剛才不是說了，有幾個弟弟咱們不用管。這是個比方。你們看，現在剩幾個了？」

小熊馬上回答：「三個。」

「怎麼是三個呢？再看一看。」

絨鴨子和小熊都認真看了一陣，一起喊：「三個！兩個蘋果，和一個盤子。」

小西站起身來，嘆了一口氣：「題目上問的是剩幾個蘋果，沒有問剩幾個盤子。現在，這不是剩了『一、二』兩個蘋果嗎？明白了吧？」

小熊沒有作聲。絨鴨子說：「不明白。」

小西生氣地問：「為什麼？為什麼還不明白？」

絨鴨子慢慢打了一個呵欠，說：「那，那剩下的兩個蘋果給誰吃呀？」

這時候，影子忍不住又笑了起來，而且大聲說：「給誰都行，反正就是不給你們兩個傻瓜！」

十　到「溜冰游泳池」去

小西正想制止影子亂說話，可是這一個影子說話卻已經被小熊發現了。不等小西開口，小熊很驚訝地說：「咦！小西的影子還能說話。」

影子大聲爭辯起來：「不對！我不是他的影子，他是我的影子。」

小西有點不好意思，說：「這個影子是會說話的，他就是有些驕傲，喜歡隨便說話。」

絨鴨子很注意地看了看小西的影子，說：「他會說話？那麼，他還能唱歌嗎？」

小熊說：「他嗓子這麼大，他唱起歌來一定像吹喇叭。」

影子以為小熊是在稱讚他，就很得意地說：「我唱起歌來比吹喇叭還好聽。我又會說話又會唱歌，我什麼都懂。因為我聰明，我特別聰明。」

絨鴨子立刻就相信影子的話了，問：「真的你什麼都懂嗎？那麼，你說，咱們剛才做完了功課，現在該做什麼呢？」

影子回答：「那還用說，玩兒去唄！」

小熊高興得跳了起來，說：「他真有主意，真聰明！」
絨鴨子也說：「他真會想！咱們原來老玩兒，老玩兒，都玩兒膩了，可是剛一做功課，就又想玩兒了。」
小西也說：「對，我也是。那麼，咱們玩兒什麼哪？」
影子說：「玩兒什麼都行。玩兒什麼我都會；你們說吧，跳橡皮筋兒，踢小皮球，騎自行車，畫小人兒，彈玻璃球兒，爬樹，逮小鳥兒……」
絨鴨子說：「我想游泳。」
影子說：「游泳呀，有意思！我最喜歡蛙式，也最喜歡自由式，也最喜歡仰游，還有，側游，狗爬式，蝴蝶式，蜻蜓式……」
絨鴨子插嘴說：「沒有蜻蜓式。」
影子接著說：「誰說沒有？我說有就有！反正什麼什麼式都有意思。反正一到水裡就有意思，就是不小心喝上兩口涼水，也比喝開水有意思呀。」
小熊說：「我可是愛溜冰。」
影子說：「溜冰嗎？有意思，更有意思！我最喜歡溜冰。溜什麼式我都不會摔跤。溜完冰還可以打冰球，吃冰塊兒……」

小西一聽，心裡只癢癢，不等影子說完，就問：「我又想溜冰，又想游泳，怎麼辦哪？」

影子說：「嘿，巧極了，你真像我。你以後要好好聽我的話，我告訴你，這兒有個『溜冰游泳池』。一半凍了冰，是溜冰場。一半沒凍冰，是游泳池。咱們去了，絨鴨子就游泳，小熊就溜冰，我和小西可以兩樣都來，溜一會兒冰又游一會兒泳，游一會兒泳又溜一會兒冰。」

小西他們三個一起叫起來：「哎呀，好極了！」

影子接著又說：「我告訴你們怎麼去，可是你們得答應以後聽我的話。」

小西他們三個一起回答：「聽！」

於是他們動身去找那個「溜冰游泳池」。沿路影子大聲指揮他們：「這麼走，往東！這麼走，再往南！這麼走，再往西！這麼走，再往北！到了！」

真的，他們照著影子的話，往東，往南，往西，又往北，很快就到了「溜冰游泳池」。

這真是一個奇怪的游泳池，大極了，半邊整整齊齊地結了冰，旁邊還擱著許多雙溜冰鞋；另外半邊是清亮的水，一點兒冰也沒有，水裡還漂著許多打好氣的花花綠綠的橡皮圈兒。

小西心裡真是高興極了。過去他在溜冰的時候就不能游泳，在游泳的時候就不能溜冰，現在忽然一下兩樣都有了，怪不得灰老鼠說這兒是一個比快樂還快樂，比好玩兒還好玩兒的地方哩。

小熊馬上去穿上了一雙溜冰鞋，溜起冰來。絨鴨子呢，不用說，她馬上就跳到水裡去了。小西兩樣都來，這就把他忙壞了。他一會兒溜冰，一會兒游泳；游了一會兒又起來同小熊一起溜冰，溜了一會兒又跳到水裡同絨鴨子一起游泳。

玩兒呀，玩兒呀，反正沒有時間了，他們就由性地玩兒，好像玩兒了很久，又好像只玩兒了一會兒。後來，小西玩兒得都有點累了。這個時候，他忽然聽到遠處有一個聲音。

撲通，撲通，撲通！……

那是什麼聲音？好像是一個什麼機器在響，不，又不像！

小西抬頭一看，在游泳池不遠的地方，一棵小樹下面坐著兩個玩具，那撲通、撲通的聲音就是從他們那兒傳來的。他們在幹麼呀？小西想了一想，馬上就跑了過去。

十一　木頭人和橡皮狗

那兩個玩具，一個是長得很醜很瘦的、呆板的木頭人，一個是快活的熱心家，橡皮狗。那個木頭人正在哭，哭得很傷心。那個橡皮狗在旁邊著急得很，不斷給木頭人擦眼淚。

小西輕輕地向他們兩個打招呼：「你們好！」

橡皮狗張著大嘴，笑了一笑：「我們好！謝謝你！我很好。不過，木頭人可不怎麼好，他不高興。你看，他在哭。」

木頭人用手揉了揉眼睛，抗議說：「沒有，我沒有哭。」

橡皮狗說：「不，你哭來著。你剛才還在哭，你眼睛裡還有眼淚。我勸你別哭，你還要哭。」

「沒有！就沒有哭，就沒有哭！」木頭人說著說著，一歪嘴就又哭起來了。他支撐著胳膊，用兩手捧著腦袋，大滴的眼淚，像珠子一樣，不斷往地上滾。

橡皮狗對小西說：「你看，這是真正的眼淚。你別看他是木頭人，他可有真正的眼淚，是用帶鹹味的真正的水做的。他還有一顆真正的心，那是用真正的肉做的。你聽，那顆心是在跳動的，撲通，撲通，好響！不信你聽一聽。木頭人，他難受極啦！」

撲通，撲通，撲通！……

原來這是木頭人心跳的聲音，他那顆心跳得可真是響啊！他為什麼這麼難受呢？小西想了一會，不知道怎麼安慰他才好，就說：「也許，你去游一會兒泳，就不難受了。」

木頭人搖搖頭：「不！」

木頭人不大會說話，他常常只說半句話，有的時候甚至只說一兩個字。如果沒有他的好朋友橡皮狗在旁邊，代他解釋，別人就不大容易聽明白他的意思。

橡皮狗說：「木頭人的話沒有說完。他是說，游泳不頂事，越游泳他會越難受。木頭人，是不是呀？」木頭人點了點頭。

這時候，好久不說話的影子突然叫：「你看他咧著那張大嘴，醜極了！沒羞，沒羞！」

小西生氣了，對影子說：「你老愛說別人，多不好啊！」

影子也很生氣，說：「怎麼？你又不聽我的話了？我偏要說！他的嘴真大，眼睛真小，越哭越難看，沒羞，真沒羞！」

橡皮狗很驚訝，對小西說：「咦！你的影子還能說話，你看他多厲害呀！」

影子聽橡皮狗說他厲害，就得意地笑了起來：「你知道我厲害就好了，我就是厲害，就是厲害！」

小西問橡皮狗：「請你告訴我，木頭人為什麼這樣難受呀？」

橡皮狗回答：「他為什麼難受，我要講一個故事給你聽你才會明白。」

下面就是這個故事。

這兒有一個小姑娘，當然她也是一個玩具，叫做布娃娃。她真是善良極了。她說起話來聲音總是很小，她就怕自己嘴裡出的氣會吹動浮在空氣裡的點點塵埃，把他們嚇著。她走起路來腳步總是很輕，她就怕踩傷地上一個小蟲；就是石子和沙粒，她也不願意把他們踩痛。她很勤快，很喜歡花兒，總是給這兒的樹木澆水，可是花兒老是不開。所以她總是希望找到一朵花兒，哪怕是一朵很小很小的花兒。她非常愛乾淨，隔不多大一會兒就要洗一個臉，刷一次牙。不洗臉不刷牙的時候她就不斷洗手。她的身體總是不大好，臉上總是蒼白蒼白的。這兒所有的玩具們都擔心她生病，誰見了她都勸她，「注意啊！別累著了！」可是這兒有一所白房子，裡面住著兩個壞蛋，一個是洋鐵人，一個是白瓷人。這兩個壞蛋同大家不一樣，什麼事兒不做，還淨欺負人，兩個壞蛋老欺負布娃娃。他們把布娃娃抓到白房子裡，不讓她出來，叫她給他們掃地，洗衣，做飯，端盤子，什麼活兒都讓她幹，就是不讓她休息。兩個壞蛋只說「下次」她可以休息，可是總看不見那個「下次」。所以，她就怎麼也得不到休息，後來，她就病了。木頭人是第一個聽見布娃娃病的消息的人。他不知道該怎麼辦。一個人就急得哭起來了。橡皮狗聽到了這個消息，也不知道該怎麼辦。他只有先勸木頭人別哭。可是他又不會勸，他越勸木頭人越難受。

橡皮狗說到這兒，木頭人又流下幾滴大眼淚珠來。木頭人拼命用兩手揉眼睛，說：「布娃娃是好姑娘。她病了，多可憐啊！……」

影子冷冷地插嘴：「她太嬌氣了，病這麼一次，沒關係！」

「有關係，有關係！」木頭人大聲哭起來了。

小西對木頭人說：「別哭，別哭！咱們想辦法救她去。」

橡皮狗興奮地跳起來：「救她去？我算一個。」

聽小西這一說，木頭人馬上就不哭了，說：「我也去！」

正在玩兒著的小熊和絨鴨子也跑過來了。他們兩個大聲嚷嚷：「幹麼去？還有我們！」

橡皮狗說：「去救布娃娃。」

影子馬上代小熊和絨鴨子回答：「不去，不去！咱們還沒有玩兒夠。」

小熊說：「布娃娃可好咧，要去救她，咱們不玩兒了。」

絨鴨子也說：「對啦！咱們玩兒夠了。」

影子沒有辦法，只好說：「你們要去你們去，反正我不去，小西也不能去。」

小西著急了：「誰說我不能去？」

影子也著急了：「我說的！我不讓你去，你就不能去！」

小西同影子辯論了很久。無論小西怎麼說，影子都不同意去。

以後，小熊掏出一把六開小刀來，對小西說：「給你！他不去就不去。你把他割下來，你們各人幹各人的。」

小西接過了刀子，影子就喊叫起來：「不要割，不要割！你沒有影子，你會變得很難看的。」

小西馬上又愣住了：「真的嗎？沒有影子很難看嗎？」

小熊說：「一點兒也不難看。」

橡皮狗接著對小西說：「你要怕難看，咱們倆共一個影子好了。我的影子很老實，從來不吭氣兒。」

絨鴨子也對小西說：「我的影子也很好，我把我的影子借給你。」

木頭人也嗚嗚咽咽地對小西說：「我可以，把影子，送給你，我自己，不要影子……」

聽大夥這麼一說，影子慌了：「別割了，別割了，我去，我去！」

小熊說：「他太可惡了，還是把他割下來吧！」

「我不同意，我不同意，誰也不能割！」影子一邊嚷叫，一邊哭起來了。

木頭人一聽見影子的哭聲，那顆心馬上又跳得撲通、撲通響了，他的鼻子也紅起來了：「他哭得，多可憐啊！就，別割了吧！……」

小西對影子說：「那你以後可別亂嚷嚷了。」

影子說：「行！」

橡皮狗也對影子說：「你再也不許嘲笑人了！」

影子又說：「行！」

這一下，影子可就變得老實多了。以後很長一段時間，他都不怎麼作聲了。

於是他們幾個，由橡皮狗帶領著，一起去找洋鐵人住的那所白房子。

十二　直腸子蛇

他們走了沒多遠，突然聽見道路旁邊有一個聲音向他們打招呼：「好啊，朋友們！這樣慌慌忙忙，到哪兒去呀？」

原來是一條瘦瘦的紙蛇在向他們打招呼。紙蛇躺在草堆裡正在吞吃一個什麼東西。

小西過去有過這樣一條紙蛇，所以看見紙蛇不怎麼害怕。小西說：「我們去救布娃娃。」

橡皮狗接著對紙蛇說：「布娃娃累病了，我們要把她從洋鐵人那裡救出來，你也去一個吧。」

紙蛇聽說，連忙嘆了一口氣：「唉呀，唉呀！布娃娃病了麼？她是我的好朋友，你們看我是多麼難受啊！我是非常喜歡朋友的，非常願意幫助朋友的。要是我沒有朋友呀，我簡直不知道怎麼活下去，我想我簡直連一隻青蛙都會咽不下去了。」

說著說著，他一口就吞下了一隻青蛙。馬上他喉嚨管就脹起來了，一個隆起的大疙瘩慢慢往下面移動著。接著他又往下說：「你們去救布娃娃嗎？真好，真不錯！要不是我正在吃青蛙，一定跟你們一起去。但是，你們看，我現在不正在吃青蛙嗎，所以我就不能去了。」

絨鴨子問：「青蛙好吃嗎？」

小熊說：「我好像有點餓了，我的肚子叫起來了。」

紙蛇連忙解釋：「青蛙可不太好吃，所以我不能請你們吃。你們知道，這也是沒法子。一個最聰明的大魚不是說過嗎，大魚吃小魚，小魚吃蝦子。一個最聰明的狼不是也說過嗎，狼走千里吃肉，狗走千里吃糞。所以，像我這樣一個老實的蛇，就只能吃一點點青蛙。青蛙一點也不好吃，肉是苦的，而且就這麼一隻，所以我不能招待你們吃。但是我心裡是很愛你們的，因為你們都是我的好朋友。」

小西說：「對的，我認識你，你是紙蛇。」

紙蛇點了點頭，說：「你看你的記性多好啊！不過你不應該叫我紙蛇，你應該叫我直腸子蛇。我的心腸很好。我一點兒毒也沒有，我對誰都很有禮貌。我對誰都很同情。」

木頭人又感動了，悄悄說：「他，真好！」

絨鴨子也跟著說：「他還很謙虛。」

這時候，一隻青蛙從直腸子蛇的肚子裡溜了出來。直腸子蛇馬上一口又把青蛙咬住，很快地咽了下去。他不好意思地笑了笑，說：「唉！這也是沒法子。大魚吃小魚，小魚吃蝦子，狼吃肉，狗吃糞。像我這樣一個好心腸的蛇，就只能吃一點點青蛙。我就有這麼一隻青蛙，又瘦又小，所以不能招待你們。但是我心裡是很愛你們的，沒有東西招待你們，我心裡真不好受。」

說著說著，他喉頭那個隆起的大疙瘩慢慢又往下移動起來。看起來那隻青蛙一定是悶得很難受，在他肚子裡還在亂動一氣哩。

橡皮狗催大家說：「走吧！咱們快找洋鐵人去吧！」

直腸子蛇說：「你們見到洋鐵人，代我問一聲好。」

小熊說：「他是壞蛋，幹麼要問他好呀？」

直腸子蛇連忙說：「我說錯了，我說錯了。我是說，要是你們見到了布娃娃，代我問好。不過，我想起來了，我勸你們別去了。洋鐵人可厲害哪。」

小西說：「那怕什麼，咱們跟他講道理。」

直腸子蛇搖搖腦袋：「那可不敢說。洋鐵人生了氣，誰的道理也不聽。他發起火來，才可怕咧。」

影子這時候又忍不住開口了：「對啦吧？我早就說過別去，他們就偏要去。」

小西對影子說：「你別說了。就是要去！」

那個青蛙又從直腸子蛇的肚子裡溜出來了。直腸子蛇又馬上一口把青蛙咬住，吞了下去。

絨鴨子看了他這舉動，覺得很奇怪，就問：「你幹麼老吃這麼一隻青蛙呀？」

直腸子蛇裝出一副很可憐的神氣，嘆了一口氣說：「為什麼？因為我就有這麼一隻青蛙，不老吃他還吃什麼呀。你們別替他著急，他自己一點兒意見都沒有。他也是我的朋友。他真是一隻好青蛙。你們剛才沒有看見，他一點兒都沒有不高興嗎？」

小熊說：「什麼呀！你吞得那麼快，根本看不見他高不高興。」

直腸子蛇馬上就稱讚小熊說：「好啊，好啊！你真會說，你說的完全對！說起吞東西，我就是快。這是我的一個缺點。你看得真準，你的眼睛真好！」

小熊聽他這麼一說，馬上就什麼意見都沒有了。

這時候，橡皮狗又催大家快走。

直腸子蛇說：「你們一定要去救布娃娃嗎？那你們就去吧！不過洋鐵人生了氣，可別怪我呀。請你們記住，要是看見了布娃娃，一定代我向她問好。她是我的好朋友，她真是一個可愛的小姑娘，我可真想她。再見，再見！請大夥都別忘了我這個好朋友啊！」

十三　白房子

於是橡皮狗帶著小西他們又往前面走。走了不遠，前面就是洋鐵人他們住的那所白房子了。

那是一所又闊氣又難看的房子。牆壁刷得白極了，可是裡面亂極了，髒極了。所有的窗子上都掛著金絲絨幔子，可是許多窗幔都耷拉下來了，拖在窗臺上。天花板上掛著一串串的蜘蛛網，就像掛著小旗一樣。所有的牆壁下半截都畫滿了亂七八糟的鉛筆畫。屋子裡面的家具多極了，都是嵌金花的，可又都亂七八糟地堆在一起。有的桌子架在床上，有的椅子又擱在桌子上。桌子上，椅子上，床上，地板上，到處都是枕頭、被子和瓶瓶罐罐。誰要一動彈，準要踩著一個枕頭，碰倒一個酒瓶，或者踢翻一個茶杯什麼的。

白房子的大門關得緊緊的，小西他們都沒法子進去。可是白房子的窗子都開得大大的，小西他們就可以在窗戶外面偷偷往裡面瞧了。那時候，洋鐵人，白瓷人，還有灰老鼠，他們三個都穿著長長的睡衣，拖著寬大的拖鞋，正圍著一張圓桌子在大吃大喝，一點兒也沒有注意外面有人在瞧他們。

洋鐵人說什麼話都喜歡加一個「不」字，所以他叫「不不不」，他長得又瘦又高，好像很怕冷似的，老聳著肩膀，鼻尖上還老掛著一滴清鼻涕。他手裡拿著一支特別長的紙煙，像一支新鉛筆一樣。他一邊吃東西，一邊還不斷抽紙煙。他噴出來的煙霧多極了，一圈圈都把他們三個包圍起來了。洋鐵人抽煙，白瓷人和灰老鼠兩個就不住地打噴嚏，「啊——秋！啊——秋！」

洋鐵人站起來，舉著一個高腳酒杯：「現在，為你們打噴嚏，不，為你們不打噴嚏而乾杯！」

他們三個每個人就都咕嘟咕嘟喝乾了一大杯酒。

洋鐵人坐下去了，把腿蹺到桌子上，接著又說：「我因為長得太不胖了，身上一定要長點兒肉，所以，我還不能不再多多地吃一些蛋糕。」

說完，他就抓了一塊蛋糕塞到嘴裡，吞下去了。

白瓷人打了一個長長的呵欠，說：「我因為長得太胖了，太胖就是身上肉太多的意思，身上肉太多了，就一定要減少一點兒肉。大夫對我說，要減少肉，就要多吃一些。所以，我也還要多多地吃一些蛋糕。」

說完他也抓了一塊蛋糕塞到嘴裡去了。

灰老鼠馬上也抓了一塊蛋糕，說：「我不想胖也不想瘦，但是也要多多吃一些蛋糕。因為你們吃了，我也要吃。」

三個壞蛋大笑了一陣。

洋鐵人說：「不錯，不錯！咱們都不能不多多地吃蛋糕。反正有布娃娃，咱們不用動手，也不用動腳，吃完了就再讓布娃娃給咱們拿。」

於是，他們三個就大聲喊布娃娃，再給他們多多地拿蛋糕來。

一會，布娃娃從廚房裡端著一大盤蛋糕出來了。蛋糕的顏色是那樣金黃，布娃娃臉上的顏色卻是那樣蒼白。蛋糕是那樣多，盤子是那樣大，布娃娃卻是那樣又瘦又小；這一盤蛋糕把她的腰都壓彎了。她緊閉著嘴唇，一步一步慢慢走。她不斷喘氣，臉越來越蒼白。

小西在窗戶外面忍不住小聲說：「她累壞了。」

木頭人的心馬上又撲通撲通跳得很響。橡皮狗就小聲警告他：「注意啊！別讓心跳得這麼響，給洋鐵人他們聽見了就壞事了。」

屋子裡面，洋鐵人一邊抽煙，一邊拍著桌子催布娃娃：「快些，快些！你要把咱們都餓死了！哎呀，哎呀！我都快餓暈了！」

白瓷人也叫：「我餓得都要發病了，快些，快些！」

布娃娃很驚慌。當她快走到桌子旁邊的時候，突然被煙熏得打了一個噴嚏，一下把盤子摔掉在地上了。

「當！」盤子響了一聲。三個壞蛋馬上都跳了起來。

灰老鼠忙用手指頭塞住耳朵：「是鐘聲嗎？」

白瓷人發起抖來了：「簡直像敲了一下鐘一樣可怕，簡直就是……」

洋鐵人憤怒地喊叫：「不，不，不！不是鐘聲！不是鐘聲，但是就像鐘聲一樣可惡！」

布娃娃嚇得臉都完全變白了。她什麼也不說，就小聲哭起來了。

洋鐵人像發了瘋一樣地抓起枕頭、酒瓶不斷往天花板上扔。天花板上的蜘蛛網就一串串掉了下來。屋子裡彌漫著灰塵。

他扔了一陣以後，又伸長了脖子，對著布娃娃喊：「你為什麼要打噴嚏？為什麼要把盤子摔得這樣響？你不知道我怕鐘聲嗎？不，不，不！這不是鐘聲！不要緊！不過太像鐘聲了，真可惡！氣壞我了，氣壞我了！我要罰你，我要罰你！」

白瓷人說：「把她關到廚房裡去，鎖起來，再也不讓她出來。」

洋鐵人一個勁兒地喊叫：「不，不讓她出來！還不許她哭，還不許她流眼淚，還不許……還不許……不許，不許，不許！」

布娃娃哭得更加傷心了。

窗戶外面，小西對大家說：「快，快！咱們趕快爬進去，去把布娃娃救出來！」

這時候，影子突然對著洋鐵人他們大聲喊叫起來：「注意啊，注意啊！小西他們要來救布娃娃了，快關窗子啊！」

灰老鼠在屋裡叫：「關窗子，關窗子！小西要來救布娃娃了！」

影子又喊：「他們來了，他們來了！」

「什麼？他們敢！」洋鐵人馬上拔出一把亮閃閃的長刀來。白瓷人也抓住一個大酒瓶當武器。三個壞蛋一起衝到窗子前面來。

橡皮狗說：「咱們快跑吧，他們拔出刀來了。」

於是小西他們回頭就跑。影子又叫，「快追呀！他們跑了，他們跑了！」小西不能停止影子的喊叫，只有使勁拖著影子跑。跑呀跑呀，也不知道跑了多少時候，大夥才站住了。幸虧洋鐵人他們還沒有追來。

十四　小西跟影子告別

洋鐵人雖然沒有追來，可是大夥並不覺得高興。因為，布娃娃被鎖在廚房裡了，她一定很難受，她的病一定會加重起來。怎麼辦呢？怎麼辦呢？大夥越想越憂愁。

橡皮狗說：「這都怨小西那個影子。如果他不喊叫，咱們一衝進去，就可以把布娃娃搶出來了。」

大家說：「對！因為他一喊叫，咱們不但沒有把布娃娃救出來，咱們自己還差一點沒被洋鐵人逮住。」

小熊又掏出了那把六開小刀，對小西說：「快把你那個壞蛋影子割下來吧！」

小西接過了小刀。影子馬上叫：「幹麼？你要幹麼？」

小西說：「我要同你分別了。你是換來的影子。你淨跟大夥搗蛋。我不願意老跟你在一起。你不聽我的話，可是我也不能聽你的話。」

影子的聲音小了一些：「以後咱們誰也不用聽誰的話，咱們商量著辦事不行嗎？」

大家喊：「不行，不行！不能同他商量。」

小西對影子說：「再見吧，再見吧！」

影子又強硬起來了：「我不同意！我不同意你就不能把我割下來。再說，你把我割下來以後，讓誰再來做我的影子呢？如果以後沒有人做我的影子，那可不成！」

絨鴨子說：「什麼什麼呀！你說錯了。你應該說，你再做誰的影子。」

影子說：「好！就那麼說。以後我再做誰的影子呢？」

木頭人低著腦袋想了一陣，說：「是啊！要是，誰也不要他做影子，他，多麼難受啊！」

影子聽木頭人這一說，又不高興了，說：「沒那事兒！為什麼誰也不要我？我是一個聰明的影子，誰都願意跟我在一起。因為誰跟我在一起，誰都會過得很快樂。」

小西說：「怎麼我就不覺得快樂呢？」

影子說：「那都怨你不聽我的話……」

小熊催小西說：「別跟他扯了，快把他割下來吧！」

影子又喊叫起來：「不行，不行！你們沒有得到我的同意，不許割！……你們都是壞蛋！我要告訴洋鐵人，讓他馬上把你們抓走，把你們都關起來！」

小西蹲下來，打開了小刀，很小心地從腳後跟把影子割下來了。還是跟上回換影子一樣，只有一點癢癢。小西可沒敢笑。割下來的那個影子又哭又喊，還在地上亂動一氣。

橡皮狗說：「趕快把他塞到地洞裡去，免得他又粘上了誰，淨跟人找麻煩。」

恰好附近有一個水溝，大夥就幫著小西把影子塞到水溝裡去了。於是，小西暫時就成了一個沒有影子的小男孩了。

去掉了這個影子以後，小西覺得身子都好像變得輕起來了。一開始他簡直還有些不習慣哩，他好像少了件什麼東西似的。小西以後是不是還會得到一個影子？如果以後再得不到一個影子，他是不是會覺得不方便？這當然都是問題，可是小西都沒有想；因為他馬上要想的是，怎麼去把布娃娃救出來。那麼，怎樣去救布娃娃呢？洋鐵人他們有刀，一定不會自動把布娃娃放出來的。

怎麼辦哪？大家一時都想不出辦法來。後來還是橡皮狗想到了一個辦法。他記起了這兒的一個老麵人，老麵人年紀很大，知道許多事情，如果大家去找老麵人，老麵人也許會告訴大家怎樣把布娃娃救出來的。大家同意了橡皮狗的意見，於是就一起跟著橡皮狗去找老麵人。

十五　紙板公雞

老麵人住在一個破木箱裡頭。那個破木箱在一座平平常常的小山下面。他們就去找那座有著一個破木箱的平平常常的小山。可是當他們還在半路上走的時候，也就是說還沒有走到那座小山，還沒有找到破木箱和老麵人的時候，卻先遇見了紙板公雞。紙板公雞獨自一個站在一隻很高很高的煙囪上。他穿著一套黑絨鑲紅綠花邊的衣服，挺著胸正在煙囪頂上來回散步哩。

小西一抬頭，看見煙囪頂上有一個什麼東西在來回晃動，就問大家：「煙囪頂上那紅紅綠綠的是什麼呀？」

紙板公雞的耳朵很好，小西的話他都聽見了，馬上就自己介紹：「這還用問！誰都知道，這就是我，比誰站得都高的紙板公雞。」

絨鴨子小聲說：「你看他多驕傲啊！」

紙板公雞又都聽見了，說：「驕傲？我什麼地方驕傲？誰都喜歡說我驕傲，一打比方，就說像公雞一樣驕傲，好像每一隻公雞都驕傲似的，這全都是胡說。你們說，我有什麼地方驕傲呀。我覺得我一點兒也不驕傲。說我驕傲，我真想不通。」

當然紙板公雞是很驕傲的。他覺得他的嗓子，他走路的姿態，他的衣服，他的一切比誰都強。他時時刻刻都挺著胸，斜著眼睛看人。這還不夠，他認為他應該比誰都站得高一些，才顯得出他的不同來。後來他就找到了這只煙囪，站在煙囪上面，他就比誰都高了。他老站在煙囪上面，有時也覺得沒有意思，可是他又不願意離開這個地方。他悶極了，就在煙囪頂上來回邁幾步，算做散步。有時候他非常想找人談天，可是常常找不到人。所以看見了小西他們，他很想留住他們多談幾句話。他斜著眼睛看了他們幾眼，見他們不作聲，就問：「你們為什麼不說話呀？你們這樣慌慌忙忙，到哪兒去呀？」

小西回答：「找老麵人去。」

紙板公雞哈哈笑了一陣，又問：「找那個又乾又瘦的老頭做什麼呀？他連唱歌都不會，就會吹笛子。可是我就不愛聽人吹笛子。」

橡皮狗說：「可是他很聰明，他會告訴咱們怎樣去救布娃娃的。」

紙板公雞又問：「呀？布娃娃怎麼樣了？她啥也不懂，嗓子小極了，膽兒也小極了。」

小熊說：「洋鐵人把她鎖在廚房裡了。別問了。你快下來，跟咱們一道去救她吧。」

紙板公雞搖搖頭：「嘿！讓我跟你們一道？你真會想！我哪兒有工夫呀，你們去吧！」

絨鴨子說：「你不是，不是就站在煙囪頂上，什麼事都沒有嗎？」

這一下紙板公雞生氣了：「你懂什麼！站在煙囪頂上就是有事情。我在想。『想』就是事情。」

木頭人問：「你想什麼？講一點點，給我們聽聽，好嗎？」

紙板公雞聽木頭人的話，又高興起來了，說：「講一點點，當然可以呀。我在想，在想，在想一個很大很大的思想，就是說，我在想英雄是怎麼變出來的。我想了又想，這可不是一個容易的問題。比方，穿什麼樣的衣服，唱什麼樣的歌兒才能變成英雄……」

小熊不耐煩了，叫：「不聽他的，咱們還沒有工夫哩！」

紙板公雞馬上又生氣了：「你是笨狗熊，根本就聽不懂！」

木頭人說：「唉！他真，驕傲。」

紙板公雞又指著木頭人說：「你還不敢驕傲！驕傲要有本事。你不過是一塊濕柴禾，燒起來淨是煙，嗆得人眼淚直流。你自己也是眼淚太多。你有什麼了不起！」

大家都氣極了。橡皮狗結結巴巴地對紙板公雞說：「那麼，你又有什麼了不起呢？」

紙板公雞得意洋洋地回答：「我嗎？我是一隻大公雞。你們都站在地上，可是我卻站在煙囪頂上。我忙極了。只要我咳嗽一聲，大夥準都要說，『聽，紙板公雞又在咳嗽了。他這麼忙，怎麼還顧得上咳嗽啊？真了不起，真了不起！』這就是我。像你，不過是橡皮狗，只能站在煙囪底下搖尾巴。像你，絨鴨子，只會說『什麼什麼呀』，連唱一支歌兒都不會。還有，小西，也不過是一個不用功的小學生，『不用功』有什麼了不起呀，我也會。你爬得上房頂，可爬不上煙囪頂。我呀，我是紙板公雞，紙板公雞！」

紙板公雞說高興了，簡直不想住嘴，一口氣就不斷往下說。小西說：「咱們快走吧，別理他了。」大夥就趕快離開了這個地方。

紙板公雞得意地大笑起來，而且還不斷在他們後面喊叫：「幹麼走呀？你們不敢聽了，你們怕了，你們說不過了！……」

十六　老麵人

小西他們走呀走呀，走過了好幾座小山，慢慢才聽不見紙板公雞的狂妄笑聲了。一會，他們又聽見了一種什麼聲音，滴溜，滴溜溜溜溜……那是吹笛子的聲音。原來前面就是那座有著一個破木箱的平平常常的小山，老麵人正躺在破木箱前面吹笛子哩。

老麵人真是老，他的鬍子真多，頭髮真少。他一個勁兒在吹笛子，可又總是吹不好。他很不高興，兩道眉毛都皺得連在一起，好像變成一道長眉毛了。

絨鴨子氣都還沒有喘過來，就急急忙忙對老麵人說：「我們，我們……」

老麵人很暴躁地說：「別嚷嚷，別嚷嚷！你沒有看見我在幹什麼？你這一攪，我都吹亂了。」

說完，他馬上又拿起笛子接著往下吹。

小熊接著也對老麵人說：「真的，我們找你……」

老麵人更不高興了：「又給我弄亂了！叫你們別說話，你又說話！找我，我不在這兒嗎？我在這兒，可是我的笛子吹到哪兒去了？快告訴我，我吹到什麼地方了？」

小熊很不好意思地回答說：「不知道。」

老麵人皺著眉頭想了一會，就又拿起笛子來，閉上眼睛吹，滴溜，滴溜，滴溜溜……

等了一等，小西又接著說：「真的，我們找你，是因為布娃娃被洋鐵人關起來了。」

老麵人一下跳了起來：「什麼？布娃娃被關起來了？為什麼早不告訴我？唉！你們這些孩子，就是不會說話，就是不會說話！布娃娃被關起來了，那你們為什麼不去救她呢？」

橡皮狗說：「我們去過了。洋鐵人拔出刀來，我們就跑掉了。你說，怎麼才能把布娃娃救出來呢？」

老麵人抓了抓腦袋：「怎麼才能把布娃娃救出來？洋鐵人他們有刀，那我也不敢去。」

木頭人把嘴一歪，他的眼淚珠就滾出來了。

老麵人很生氣地對木頭人說：「你哭什麼呀？我有一個最好的辦法，就是不告訴你。用這個辦法一定能把布娃娃救出來。」

絨鴨子高興得跳了幾跳：「真好，真好！你不告訴他，告訴我吧！」

老麵人說：「告訴你？也不成。那是一個祕密，對誰也不能講的。」

小西說：「你講一點點，只講一點點好不好？」

老麵人搖頭說：「不成，一點兒也不能講。你們知道，洋鐵人他們吃飽了是要睡覺的。他們一睡覺，如果有誰到白房子後面那個廚房的窗子下面，叫，『布娃娃，快出來吧！』布娃娃把窗子一開，不就出來了嗎？這個祕密是不能對你們說的。」

小西問：「還有呢？」

「什麼『還有呢』！這更不能對你們說了。白房子旁邊不遠有一座樓，那座樓就是洋鐵人的倉庫。那裡面有許多好吃的東西。如果有誰到了那座樓裡頭，就可以飽飽地吃一頓，然後就在那兒休息。洋鐵人他們一睡覺，就會打呼。一打呼樓上就可以聽見，一聽見就趕快下樓。那時候，洋鐵人他們是怎麼也不會醒的。下了樓就可以放心跑到白房子後面那個窗子下邊，叫，『布娃娃，布娃娃！把窗子開了出來吧！』那不就把她救出來了嗎？這個祕密可講不得，說什麼我也不能講。」

橡皮狗說：「很奇怪！你不講，我好像什麼都已經明白了。好，你就別講。但是……」

老麵人又瞪起眼睛來：「什麼『但是』！你們想叫我親自帶你們去尋找那個倉庫嗎？不行，不行！」

絨鴨子說：「你不去，我們自己找不著那個地方。」

老麵人說：「你們看，絨鴨子還是想讓我帶你們去。不，那可不成！因為，如果要我帶你們去，我就要同我的破木箱分離了，我可捨不得破木箱。這是我的臥室，又是我的床，又是我的凳子，又是我的櫃子。破木箱可好咧，我捨不得它！」

聽這一說，木頭人又滾出兩滴眼淚。老麵人瞪了他一眼，說：「你老哭什麼呀！」

木頭人趕快揉了揉眼睛，說：「我沒有哭。」

橡皮狗說：「他哭了，哭了！他流了真正的眼淚。」

老麵人皺著眉頭說：「沒有！木頭人沒有哭，沒有哭。走吧，都跟我走吧！木箱呀，再見吧！我只帶他們去這一次，下次我一定不帶他們去了。再見吧！」

於是老麵人就帶著小西他們去找洋鐵人的那個倉庫。他們先上山，後來又下山；下了山又上山，上了山又下山。老麵人走得很快，大家跟著他簡直就像在跑。

絨鴨子一邊喘氣，一邊在觀察老麵人，她問：「你的鬍子怎麼這麼多呀？」

小熊說：「這還不明白！他的頭髮都變成了鬍子唄。」

老麵人說：「對啦！所以我就叫做老麵人。」

小西說：「要是你的鬍子又都變成了頭髮，那你就不老了，是不是？」

老麵人說：「是的，那我就應該叫做年輕的麵人了。」

後來，他們又翻過了幾座小山，就找到了洋鐵人的那個倉庫。原來那是一座非常好看的小樓房。

十七　沒有門和樓梯的樓房

這座小樓房好像是用巨大的積木搭起來的，四周漆著彩色的油漆，屋頂是尖的，窗子上還有小小的圓柱和方柱作為裝飾。奇怪的是這個漂亮的小樓房只有窗子，卻沒有門和樓梯。小西想，這樣的樓房，怎樣才能上去呀？

老麵人說：「爬上去吧！」

原來有一股很粗很粗的繩子，從窗子裡面拖出來，一直垂到地面上。老麵人抓著這股繩子，連腿也不用，很快就攀上去了。攀到半中腰的時候，他還搖晃著打起秋千來了。他一邊打秋千，還一邊對大夥做鬼臉，叫：「嘿！真有意思。快上來吧。」

抓繩子，小西也會。他馬上就照老麵人的樣兒往上爬。不用說，小熊，橡皮狗他們一個個也都跟著往上爬。一會兒工夫，他們就都爬進去了。

樓上懸著一口張著圓圓的大嘴的銅鐘。那根繩子原來就拴在銅鐘上面。可是當大家往上爬的時候，那銅鐘不住搖晃，卻一點兒響聲也沒有。這又是怎麼回事兒？

老麵人不等大夥問，就指著銅鐘說：「這也是一個祕密。聰明的孩子一定想知道，它是因為什麼才沒有聲音的。」

「我知道，我知道。因為它啞了。」

老麵人搖搖頭。

小熊說：

「因為它病了。」

老麵人還是搖搖頭。

橡皮狗問：「是不是因為它壞了？」

老麵人說：「這還差不多。有人把它弄壞了。可是，你們說，是誰把它弄壞的？」

小西連忙解釋：「不是我，我只弄壞了一個鬧鐘。」

「不是你？我也沒有說是你呀。那個鬧鐘是你弄壞的。這個大銅鐘是洋鐵人和白瓷人弄壞的。你們說，為什麼他們要弄壞大銅鐘呀？」

絨鴨子大聲叫起來：「這個我知道，因為他們怕聽鐘聲，對不對？」

小熊也叫起來：「我也知道，他們還害怕鈴聲。他們就怕上課，一聽見鐘聲和鈴聲就腦袋疼，對不對？」

老麵人點了點頭：「對啦！洋鐵人他們是一些最懶惰的傢伙，所以他們最怕聽鐘聲。他們一聽見敲鐘，就覺得好像有人用棍子打他們的屁股似的。所以他們就把銅鐘弄壞了。這樣他們還不放心，他們就偷偷把銅鐘運到他們倉庫裡來藏著，不讓人家來修理。這樣他們還不放心，他們就不給倉庫開門，因為他們以為沒有門人家就不能進來；他們也不給樓房安樓梯，因為他們以為沒有樓梯人家就不能上樓來。他們自己要上樓來怎麼辦呢？他們想到了一個辦法，就用一根繩子拴在銅鐘上，吊在窗子外面，從窗子裡爬出爬進……」

橡皮狗笑了起來：「他們真傻！咱們不是也一樣可以利用這根繩子，從窗子裡爬進來嗎？要是我，我就連繩子都不要，別人就沒法爬進來了。」

小熊說：「那倒不錯！你真能想。」

小西說：「不過，你自己怎麼進來呢？」

橡皮狗一下愣住了，大夥都笑了起來。

橡皮狗生氣了：「你們笑，我就不說了。」

木頭人問老麵人：「銅鐘還能修好嗎？」

老麵人皺著眉頭說：「怎麼不能！這也是一個祕密，不過這個祕密小西知道。」

小西有些驚慌，說：「我不知道。」

老麵人堅持說：「你知道，你知道！」

小西著急得都快要掉眼淚了，說：「真的，我不知道。」

老麵人說：「現在你不知道，以後你就會知道的。好吧，咱們現在吃點兒什麼吧。」

小熊拍手說：「好極了，好極了！我肚子都餓疼了。」

橡皮狗伸舌頭舔了舔嘴唇，說：「我的肚子早就在叫哩。可是，布娃娃怎麼辦呢？」

老麵人說：「什麼布娃娃？唉呀！我都忘掉了。你們要去救布娃娃嗎？那就要先吃東西。誰要不吃，哼，那我就要生氣了。」

絨鴨子說：「你別生氣，吃就吃吧。」

洋鐵人的這個倉庫真是豐富極了，到處堆滿了吃的東西。一聽一聽的罐頭，一筒一筒的餅乾，一盒一盒的點心，一包一包的糖果，一瓶一瓶的橘子汁，簡直數也數不清。不用說，大家就都由性兒吃了一個飽。一會兒，小熊又覺得肚子飽得疼了。

老麵人說：「你們是要去救布娃娃嗎？」

絨鴨子說：「你又忘了嗎？」

老麵人說：「差一點兒又忘了。如果你們要去救布娃娃，現在就得聽我的話。」

小熊用手捧著肚子說：「聽就聽！」

老麵人說：「那麼，咱們就休息。一，二，三，躺下！」

大家怕老麵人生氣，就都躺下了。可是躺不了一會，老麵人又坐了起來，說：「你們聽我的話嗎？現在，都坐起來聽故事。誰不聽，我就要生氣了。」

這一次，大家卻並不是由於怕老麵人生氣，馬上都很快地坐起來了。

十八　故事口袋講的故事

絨鴨子說：「講故事，唉呀，真好！你講什麼故事呀？」

「誰說我講故事！我這麼累，才不講故事哩！」老麵人從兜裡掏出一個小小的綠色口袋來，「這是一個『故事口袋』。他會講故事，根本不用我講。『故事口袋』的本事大極了，你們只要出一個題目，隨便什麼題目，他準能講一個故事。」

可是，出一個什麼樣的題目呢？大家你看著我，我看著你，一下誰也想不出一個題目來。後來還是小西想到了一個題目。

小西看著老麵人手裡拿著的那支笛子，忽然想到了一個題目。他說：「講一個笛子的故事吧！講笛子的故事行不行？」

老麵人還沒有回答，那個小小的綠色口袋就說起來了。他一個字一個字還說得真清楚。口袋說：「行，當然行哪！」

老麵人很驕傲地摸摸鬍子說：「他行！他肚子裡面裝滿了各種各樣的故事。裡面也有笛子的故事，也有喇叭的故事，也有胡琴的故事，什麼故事都有。你讓他講笛子的故事，只要讓他想一會，他就準能講出來。」

「不用想，馬上就講！」故事口袋說。他好像很有把握，「大家注意啊！故事馬上就要出來了。你們先要把我當作一支笛子。好，現在我就是笛子了，一個能唱很好聽的歌的笛子……」

下面就是這個故事：

我現在是笛子，一支漆著黑漆的，全身發亮的笛子。但是，在很久很久以前，當我還沒有變成笛子的時候，我不過是一根普普通通的竹子。我和我哥哥（他也是一根竹子）都長在一個很美麗的深山裡。在很長一段時間內，我們什麼也沒有做。可是太陽送給我們溫暖的陽光，烏雲送給我們解渴的雨水，土壤送給我們各種豐富的養料。我們不斷從他們那裡得到這些東西，一點兒也不發愁，每天就是吃呀，喝呀，玩兒呀，後來就越長越高，越長越強壯了。

有一天，我哥哥忽然感覺不安起來了。他說：「咱們長了這麼高，老是別人幫助咱們，給咱們東西，可是咱們還沒有幫助過別人，什麼也沒有給過別人。這多不好受啊！希望有這麼一天，咱們也能做點什麼事情，對別人有些幫助才好。」

他這麼一說，我也感覺不安起來了。我說：「是啊！我也希望有這麼一天，能去幫助別人，使別人覺得快活就好了。」

隨後，我們兩個就討論怎樣幫助別人才算最好。兩人意見不一樣，不知不覺就爭吵起來了。

我說：「最好的幫助就是給人長久不斷的幫助。我希望我將來能夠變得很靈巧，能夠永遠存在，而且老是使人感到快樂。」

我哥哥說：「如果在別人最需要的時候，不顧自己，給了人幫助，那就是最好的幫助。長久不長久，永遠不永遠，那都沒有什麼關係。我們不應該首先去考慮什麼長久，什麼永遠。首先應該考慮的是，對別人是不是最需要，對別人是不是最有用。」

我說：「如果不經過很長一段時候，不多了解一些人的不同需要，你怎麼能知道哪些幫助是人家最需要的，哪些幫助還不是人家最需要的？所以我認為還是應該考慮時間問題。如果一個人能夠永遠對別人有幫助，那又有什麼不好呢！」

我哥哥說：「我認為你考慮得太多了一些，我不喜歡那樣。」

我不同意哥哥的意見，哥哥也不同意我的意見。我們爭論了半天，誰也沒有說服誰。後來，哥哥說：「別爭了！以後咱們各人按各人的願望去做，好不好？」

我說：「好！我們各人按照自己的願望做了以後，就會知道誰對人的幫助是最好的幫助了。」

後來，實現我們幫助別人的願望的時候到了。那是一個陰天的晚上，沒有月亮，也沒有星星，黑得什麼都看不見。我們突然聽到一些嘆氣和呻吟的聲音。那是一群在晚上趕路的人，他們迷了路，走到我們這個深山裡來了。我們不斷聽到他們摔倒、碰撞的聲音。後來，我們聽到一個聲音說：「竹子啊，竹子啊！你們誰願意幫助我們呢？誰願意幫助我們一下呢？」

我就問：「你們是要我永遠幫助呢？還是就幫助這一次呢？」

那個聲音回答：「就這麼一次就行了。」

我說：「我可不行。」

我哥哥就問：「你們現在是不是非常困難，非常需要幫助呢？」

那個聲音回答：「正是這樣。我們現在非常困難，非常需要幫助。」

哥哥毫不猶豫地說：「那麼，我去。」

於是我的哥哥就被砍下來了，很快被做成了一個火把。

火把燃燒起來，黑暗的山谷中出現了一團光亮。那群趕路的人們就舉著火把，照著路，慢慢朝前面走去了。

黑夜過去了。趕路的人們達到了目的地，而火把也就變成了灰燼。

我的哥哥就這樣按照他自己的願望對人們做了一次，惟一的一次，但是非常有用的一次幫助。

後來我也實現了自己的願望。

那是在我哥哥化成灰燼很久很久以後，終於有那麼一天，我被人們很仔細地鋸了下來。他們很靈巧地在我身上挖出了幾個圓圓的洞，使我能夠唱出一切美麗的音調來。我的身上還被漆上了發亮的黑色的漆。我變成了笛子。

我長時期活著，長時期唱著。

因為我經歷了很多，我就留下了許多記憶：美好的記憶和痛苦的記憶；成功的記憶和失敗的記憶。我的每一個洞都代表一種不同的經歷和一種不同的情感的記憶。

所以當我一唱起來的時候，就控制不住這些情感，它們一個接一個，不住往外傾瀉。一會兒我快樂，一會兒我又悲傷；一會兒我哭泣，一會兒我又歡笑。

但是，就在我最高興的時候，我的聲音給人聽起來，總是免不了有些憂傷的味道。那是因為我總是免不了要回想起我的哥哥。

我不能不承認他說的是對的。在別人最需要幫助的時刻給人的幫助就是最好的幫助。真誠地給人以幫助的時候是不能考慮到自己的。

為了紀念我的哥哥，我就不斷地唱。從此我就為人們的需要而歌唱。當人們在疲勞和煩惱的時候，我就想辦法讓他們鼓舞起來，喜愛生活，看到將來；當人們過於歡樂和過於興奮的時候，我就提醒他們不要忘記過去。

我不斷地歌唱，再也不考慮什麼長久，什麼永遠。我覺得無論我怎麼樣唱，我也比不上哥哥；所有我的歌唱加在一起，都抵不了那個黑暗的晚上，火把所發出的那團光亮。

故事口袋講到這裡突然就停止了。「笛子的故事」就算完了。

沉默了一會兒以後，故事口袋說：「我真想聽聽吹笛子。」

木頭人揉了揉眼睛說：「對！老麵人，給大家，吹個笛子吧！」

老麵人偏著腦袋在聽什麼，說：「嗯？吹笛子麼？……等一等。你們聽！現在該你們去救布娃娃了啊！」

十九　洋鐵人他們睡覺了

洋鐵人他們打起鼾來了。他們的鼾聲很奇怪，聽起來就像一個火車頭剛進站時候的聲音。一會兒噴氣，呵——呵——呵——！……一會兒又拉汽笛，嘟——嘟——嘟——！……

老麵人對大夥說：「他們睡著了。你們快去吧！」

橡皮狗馬上跳起來：「快走呀，快走呀，快走呀！」

小熊和絨鴨子很有禮貌，還對老麵人喊：「再見，再見！」

老麵人說：「別嚷嚷啊！要是把洋鐵人吵醒了，我可不管了。」

絨鴨子就小聲說：「我們一定不嚷嚷了，好不好？」

老麵人說：「好！絨鴨子這還差不多。你們快走吧。我現在要給故事口袋吹笛子。他講故事講得太累了。我和他都要休息一會。」

橡皮狗第一個抓著繩子爬出窗子，溜下去了。接著小西、木頭人、小熊、絨鴨子也都一個個溜下去了。

快跑呀！前面就是白房子。

橡皮狗跑得最快，他跑在最前面。絨鴨子跑得最慢，她掉在最後面。

「等我，等我！」絨鴨子著急，就喊叫起來了。

小熊回過頭來批評她：「幹麼這麼大聲音！老麵人不是說了，不許嚷嚷嗎？」

橡皮狗說：「小熊自己的聲音也不小。」

小西說：「噓！小聲點！你們的聲音都很大。只有木頭人最好，他老不作聲，是不是？」

木頭人說：「是，我就不作聲。」

這樣一來，木頭人也說了話了。這還不說，他心跳得最響，撲通，撲通，撲通，撲通，比誰說話的聲音都大。為什麼？這很明白。因為他在想，待會兒找到了那個廚房，他應該怎樣去幫布娃娃開窗子，怎樣讓她很快地逃出來。

一會兒，小西也覺得心跳起來了。為什麼？當然，這也是因為他在想：如果洋鐵人醒了，如果他拿起了刀，如果……這回一定不跑，就不怕他！跟他講道理，批評他……

還好！三個壞蛋沒醒。

他們的鼾聲越來越大，呼——呼——呼——，就像打雷。

小西他們站在那個廚房的窗子下面了。橡皮狗想第一個上去，說：「我能跳高，瞧我的！」

他往後退了幾步，像真正的運動員那樣擺了幾個姿勢，再往前一衝。一碰，撲通！他摔下來了。他的鼻子尖兒都碰得翹起來了。

「唉喲，唉喲！」橡皮狗大聲哼哼起來了。

小西說：「小聲點！待會兒把布娃娃救出來了，你再哼哼吧！」

「好吧！」橡皮狗就不作聲了。

第二個想上窗臺的是絨鴨子。可是她腿太短，累得喘呼呼的，也沒有爬上去。

以後，木頭人和小熊試了一試，也都失敗了。

小西說：「我來吧。你們幫我一下。」

大夥把小西往上一抬，他就爬到窗臺上了。

絨鴨子問：「看到了沒有？她在不在裡面？」

小西不耐煩了：「沒有看到。你們別說話，好不好？」

一會兒，小熊又忍不住了，小聲說：「待會布娃娃出來了，咱們跟她玩兒什麼呢？」

木頭人小聲說：「什麼也不玩兒。那時候，咱們就，逃走。」

橡皮狗也忍不住了，說：「對！咱們就都坐上船，回家去。」

小西很著急，又對他們說：「小聲點，小聲點！你們吵得我眼睛都看不清楚了。」

他這次仔細往裡面看了一陣，才看清楚了。那個又瘦又小的布娃娃一個人坐在廚房的一個黑暗角落裡。沒錯！那就是她。她在裡面。

小西回過頭來，高興地叫：「看見了！」

這回該大夥警告小西了。

「小聲點！」絨鴨子說。

「小聲點！」橡皮狗、木頭人和小熊一起說。

然後大家都問：「快說，她在幹麼呀？」

二十　布娃娃在對自己說話

布娃娃一個人坐著，在小聲對自己說話哩。她說：「眼淚啊眼淚！你為什麼老要往外流？是不是你想到外面去？是不是你要去澆花兒？是不是你怕花兒沒有水就開不了？我也想到外面去，一出去我就去提水，提許多許多水。你不用著急，我會把花兒澆得好好的。」

停了一會，她又說：「眼淚啊眼淚！你為什麼老要往外流？是不是你嫌我不乾淨？是不是你要給我洗臉兒？是不是你看我老不洗臉兒就不高興？我也覺得不乾淨，一出去我就去提水，提許多許多水。你不用著急，我會把臉兒洗得乾乾淨淨的。」

小西在窗子外面吹了一聲口哨，小聲叫：「布娃娃！」

布娃娃沒有聽見，接著又往下說：「眼淚啊眼淚！你為什麼老要往外流？為什麼你是熱的？是不是因為你是從心裡流出來的？為什麼你是鹹的？是不是因為你的媽媽是海洋？你為什麼老要往外流？是不是因為你在想媽媽？你的媽媽在遠方，我的媽媽也在遠方……」

小西沒有辦法，就敲了敲窗板，大聲叫：「布娃娃，快出來！聽見了沒有？」

這一次布娃娃才聽見了小西的聲音，她趕快擦乾了眼淚，走到窗邊來，問：「你是誰？」

小西說：「我是小西。快出來吧！」

布娃娃說：「怎麼出來呀？窗子是關住的。」

小西說：「那很容易。只要撥開窗栓，你就可以開窗子出來了。」

布娃娃就撥開了窗栓，把窗子打開了。她想了一想，又問：「就這樣出來嗎？」

小西催她：「對！快一點吧！」

布娃娃說：「要是洋鐵人他們知道了，怎麼辦哪？」

小西說：「快一點，快一點！他們不會知道的，他們睡著了。」

布娃娃這才從窗子裡爬出來了。大家幫助她從窗臺上跳下來。

「外面多好啊！」她很快樂地說，這時候她的臉上馬上就出現了紅色。

「花兒開了沒有？」她接著又問。

木頭人遲疑了一下，說：「沒有。」

聽說花兒沒有開，布娃娃臉上剛出現不久的紅色立刻就褪下去了一些。一會，她又問：「看到我的媽媽沒有？」

小熊說：「這兒一個媽媽也沒有。」

布娃娃臉上的紅色就完全褪下去了。她說：「我要媽媽，我要找我的媽媽去！」

絨鴨子問：「你的媽媽在哪兒呀？」

「在家裡，在家裡。」布娃娃說著就哭起來了。

正在這個時候，直腸子蛇忽然悄悄從他們背後出現了。不知道他是從什麼地方走來的。他還和從前一樣，一看到大家馬上就很客氣地打招呼：「好啊，朋友們！你們站在洋鐵人的窗子底下幹麼呀？」

小熊回答：「什麼也不幹。」

直腸子蛇一眼看見了布娃娃，就說：「布娃娃，你好，你好！你哭什麼呀？

唉！你們不說，我通通都知道了。你們把布娃娃放出來了。布娃娃，我是你最好的朋友，我很早就想來救你，比他們想得還早。請你告訴我，你是怎麼出來的？」

布娃娃低聲說：「我把窗子打開了，就爬出來了。」

直腸子蛇猛然大叫了一聲：「是這樣的嗎？天啦天！真可怕！你告訴了洋鐵人沒有？」

布娃娃搖了搖頭。

直腸子蛇又大聲嘆了一口氣：「唉！糟了！你為什麼不告訴洋鐵人一聲呢？他一定會很不高興。不告訴他是不禮貌的。再說，爬窗子也是很不好的行為。洋鐵人一定會很生氣的，一定會很生氣的。他生了氣可不好對付。」

絨鴨子說：「才不怕他哩！就不告訴他，他是大壞蛋！」

橡皮狗催大家：「別理他。快走吧，快走吧！」

於是小西他們就動身離開白房子。

直腸子蛇想攔住他們，說：「你們想走嗎？這成什麼話！這不像話！別走，別走！你們要到哪兒去呀？告訴我一聲好不好？」

小熊回過頭去：「不好！」

直腸子蛇還在後面叫：「連我也不告訴了，你們真是太沒有禮貌了！好，好，好！我一定不生氣。我是有禮貌的。你們真要走，你們就走吧，再見，再見！」

二十一　他們逃到了海邊

小西他們越走越快，後來，他們乾脆就都跑起來了。好像什麼都在對著他們喊：趕快逃走吧，趕快逃走吧！他們頭也不回，一口氣就跑到了海邊上。

海還是安安靜靜的，就像睡著了一樣，沒有風，也沒有浪。海水已經凝固了，好像一塊厚厚的藍黑色的玻璃，平躺在那兒，一動也不動。

橡皮狗很著急地在海邊來回跑了幾趟，喊叫：「快些上船吧，快些上船吧！」

他們又趕快朝著碼頭跑。碼頭邊上船多極了。可是那許多船都和以前一樣，那些有煙囪的船很多煙囪都沒有冒煙，有的只冒了半截煙；那些帶桅杆的船很多都沒有把帆升起來，有的只升了半截帆。

他們跑到一隻小火輪旁邊。那小火輪的煙囪上面貼著一張紙條，上面寫著，「現在不開船」。他們又跑到一隻大汽船旁邊。那大汽船的艙門口掛著一塊木牌，上面寫著，「將來才開船」。沒有辦法，他們又跑到一隻黑色的貨船旁邊。船艙上有粉筆寫的幾個大字，「這一次不開船」。沒有辦法，他們又跑到一隻漂亮的小遊艇旁邊。小遊艇的欄杆上掛著一塊紅綢子，上面用金線繡著許多字，「對不起，下次一定開，下次準開！」他們跑來跑去，沒有遇見一隻馬上就要開船的船。所有的船不是寫著「這次不開」，就是寫著「下次開」。有的船還乾脆就寫兩個字，「不開！」事兒糟了！怎麼辦呢，怎麼辦呢？

後來，他們好容易才找到了一隻沒有貼紙條的小木頭船。這隻小船雖然沒有煙囪，沒有桅杆，沒有水手，可是也沒有寫著「下次才開船」這樣的話呀。他們高興極了，一個個馬上跳了上去。

布娃娃看見海水，高興極了。她把手伸到水裡，說：「真好，真好！我要洗個臉。」

說著，她就彎下腰去，捧了一把海水洗起臉來。洗完了臉她又洗手絹，洗完了手絹她又洗頭髮。她一洗起來就沒個完。

橡皮狗著急地喊叫：「快開船吧！」

可是，船怎麼個開法呢？這隻船沒有機器，也沒有船帆，那麼，是不是有船槳呢？沒有，什麼也沒有。當然，也沒有一隻船槳。

木頭人說：「我們去找木頭，來做幾把槳吧。」

可是，木頭又在哪兒呢？船上也沒有木頭。

小熊說：「你們等著，我上岸去找。」

布娃娃說：「你上岸去，還幫我找把梳子。我的頭髮要好好梳一梳……」

布娃娃的話還沒有說完，遠遠傳來了一陣可怕的喊聲：「快追，快追！別讓他們逃走了，別讓他們逃走了！」

那喊聲越來越大，越來越近。原來是洋鐵人、白瓷人和灰老鼠三個追來了。

布娃娃發起抖來了，說：「我好像冷得很。怎麼辦呢？怎麼辦呢？」

木頭人看見布娃娃發抖，也發起抖來了。他安慰布娃娃說：「不要緊，別怕！我，我，我就，不怕。」

絨鴨子說：「咱們跳下水去。他們不會游泳。」

布娃娃說：「水很冷，要是把我的衣服打濕了，那怎麼辦？還有，我也沒有學過游泳啊！」

絨鴨子說：「我馬上教你。」

小西說：「那來不及了。咱們上岸跑吧。」

橡皮狗說：「好主意。快上岸吧！快呀，快呀！……」

於是他們一個個又跳到岸上。橡皮狗跑得最快，他帶著大夥往前面跑。一會兒，他看大夥跟不上了，又停下來喊：「這邊來，這邊來！快呀，快呀！」

可是絨鴨子怎樣跑也跑不快，布娃娃身體不好，也比絨鴨子快不了多少。大家跑了一陣，看她們跟不上來，只好又站下來等她們。

橡皮狗著急得要命，不斷大聲催：「快呀，快呀！」

洋鐵人他們聽見橡皮狗的喊聲，馬上就朝他們這邊追過來了。三個壞蛋凶極了，手裡都拿著長長的刀。他們跑得真快，一下就追到了小西他們面前，把他們包圍住了。

洋鐵人舉起刀來，喊：「舉起手來！」

小熊很生氣，也喊：「就不舉！」

洋鐵人馬上就把小熊抓住，然後又對白瓷人灰老鼠下命令：「把他們都抓起來，關到地下室裡面去！」

三個壞蛋就這樣把小西他們都抓住，關到白房子的地下室裡面去了。

二十二　紙板公雞也被抓來了

「咵嚓」一聲，三個壞蛋就把地下室的門鎖住了。「呼——嚕——，呼嚕嚕嚕」，他們很得意地唱著那個難聽的歌走了。

地下室好悶氣啊！裡面又冷，又黑暗。布娃娃很不高興，坐在冰涼的地上，一句話也不說。大家怕她老這樣不快活，會生病，就想辦法來安慰她。

橡皮狗對布娃娃說：「你只要唱一個歌兒，就會快活起來的。」

布娃娃搖搖腦袋。

木頭人接著又對她說：「你不唱，我給你，唱一個，好不好？」

布娃娃還是搖搖腦袋。

絨鴨子對她說：「我說，要是你梳梳你的小辮兒，給小辮兒打上一個紅結子，你就會，就會高興的。」

布娃娃說：「我沒有紅結子。」

小熊連忙掏出了那把六開小刀，說：「沒有紅結子不要緊。我送你這把小刀。你看。」

布娃娃還是搖搖腦袋，說：「我不要。小刀會割破我的手指頭的。」

絨鴨子想了一想，說：「對啦！我送你一個最大的蘋果。」

小熊說：「什麼呀！你現在根本就沒有蘋果。」

絨鴨子不服氣：「什麼什麼呀？現在沒有，將來，將來我會有的！將來，我一定送布娃娃一個最好吃的蘋果，又大又香又甜。」

小西對布娃娃說：「你瞧，我可以拿小刀刻一朵花兒。」

布娃娃又搖搖腦袋：「不，我不要小刀刻的花兒，我要一朵真正的花兒。」

小西想了一想，只好說：「可以，將來我送你一朵真正的花兒。」

絨鴨子說：「對啦！將來，咱們有什麼好東西，統統都送給她，好不好呀？」

大夥說：「好！」

可是布娃娃還是很不高興，她的臉色越來越蒼白了。大夥一點辦法也沒有。這時候，如果誰給布娃娃講一個故事就好了。因為布娃娃是非常愛聽故事的。可是老麵人和他的故事口袋又不在這兒。怎麼辦呢？要是布娃娃老這樣下去，生起病來了，大夥會多麼難受啊！

這時候，忽然聽到「啰嚓」一聲，地下室的門又開了。原來是洋鐵人他們把紙板公雞也抓來了。

紙板公雞在門外大聲申辯：「真的，我不是小西他們一夥的。小西有什麼了不起，布娃娃有什麼了不起，我才不救他們哩。」

白瓷人雙手掐著紙板公雞的脖子，一把把他推進來了，說：「你撒謊！你把我都氣病了！你當我不知道，你長了這麼一個長脖子，就是為了撒謊，我什麼都明白，用不著證明，你就是小西他們一夥的。你跟他們說了話，你還說你是英雄。如果不想救布娃娃，幹麼你說你是英雄？你當我們是傻瓜，當我們什麼也不知道！哼！我們都知道，早就什麼都知道了！」

於是三個壞蛋把紙板公雞揍了一頓，把他推倒在地上了。「啪嚓！」地下室的門就又鎖上了。

一會，紙板公雞慢慢站了起來，斜著眼睛看了看周圍，自言自語地說：「這是個什麼地方啊？簡直一點兒也不好，比煙囪頂差多了。我可不願意在這兒待，我可要走了。」

小熊笑了起來，說：「那你就走吧！」

紙板公雞瞪了小熊一眼，很生氣地說：「你管得著嗎！我高興走就走。現在，我不高興走，我就不走。如果你想命令我現在走，我就更不走。我偏不走，偏不走！」

說完他誰也不理，就昂著腦袋一個人在地下室裡散起步來了。

二十三　大夥談論過去

大夥在地下室裡也不知道過了多少時候，反正是很長很長一段時間，不能出去，又不能玩兒，真是沒意思極了。後來小西想起了一個玩兒的辦法。他說如果每個人談談自己的過去，一定會很有意思的。大家都很贊成，說這真是一個玩兒的新辦法。於是他們一個個就談起自己的過去來了。只有紙板公雞一個人不參加談，他裝作對大家的話沒有興趣。其實他一邊散步，一邊在偷偷聽大家談什麼。他對每個人的每一句話都仔仔細細聽到耳朵裡去了。

小熊是第一個談的。他的記性不太好。他想了半天說他過去就是喜歡看馬戲，後來，不知道怎麼一下他自己也到馬戲團當上了演員。他說他最怕的是學習。講到這裡他才又記起來，他就是因為不喜歡學習才逃到馬戲團去的。沒有想到到了馬戲團還是要學習。那兒沒有學校的功課，可是有馬戲團的功課。學馬戲可沒有看馬戲那樣好玩兒，後來他就又從馬戲團裡逃走，不知道怎麼一下就又逃到這兒來了。

第二個是絨鴨子談。她的記性更不好。她只記得她過去有許多許多好朋友。她說：

「我的好朋友，哎呀，真是好極了！好得我都不能說，都說不出來了。他們叫什麼呀？我可是想不起來，反正他們就是好，好就是好唄！」

橡皮狗有些著急了，說：「那你總能想起一個好朋友來吧？」

絨鴨子想了半天，說：「我想起了一個。她叫媽媽。她就是我的媽媽。哎！媽媽真是一個好孩子！……」

小西打斷她說：「媽媽不是孩子，不能叫她孩子。」

絨鴨子不同意：「為什麼不能叫？她就是好！她比好孩子還好，她是一個好媽媽。她每天晚上回家，總要給我帶一些好吃的東西，一次也沒有忘記過。」

紙板公雞聽說好吃的東西，馬上站，問：「你媽媽淨給你吃什麼呀？」

絨鴨子說：「多極了！……」

小熊對絨鴨子說：「別說，別告訴他！」

紙板公雞裝作不在乎的樣子：「不說，我還不聽哩！」

說完他又一個人散起步來了。

橡皮狗就接著講他自己過去的朋友。很奇怪，他現在想來想去，他覺得他最難忘的朋友是一個脾氣不好的貓。他原來是不喜歡這個貓的，因為那個貓很懶，總喜歡躺在爐子附近，身上的毛有好多地方都被火燒焦了。最壞的是那個貓動不動弓著背對橡皮狗噴口水，既不衛生，又不禮貌。可是橡皮狗現在想，那個貓也不過是喜歡爭吵，其實心裡並不恨橡皮狗。有的時候，簡直還可以說，貓是喜歡他的。比方貓常常在他背後輕輕用爪子抓他的尾巴，他也回過頭去向貓咆哮一聲，那都不過是開開玩笑，大家互相逗著玩玩罷了。所以，他越想就越不討厭那個貓了。現在貓不跟他在一起，他簡直還有些想那個貓哩。

橡皮狗講完了，該輪到木頭人講了。木頭人一下臉紅了，結結巴巴地說：「我，我沒有說的。」

橡皮狗就代他說：「木頭人是好人，就是不大會說話。你們聽，他的心又跳起來了。他有很多好朋友。木頭人，對不對呀？」

木頭人點了點頭。

現在就該輪到布娃娃說了。可是布娃娃心裡很不高興，大家要她講，她一聲不響，只使勁地擰自己的衣服。

小西對布娃娃說：「說一點兒吧！你心裡在想什麼呢？」

布娃娃說：「我沒有想……我想出去，現在可以走嗎？」

紙板公雞突然大笑起來：「她想出去，真有意思，真有意思！連這兒的門鎖上了都不知道，她真是個小傻瓜！」

小熊又生氣了，對紙板公雞說：「你幹麼老嘲笑人？」

紙板公雞說：「我笑她出不去。這兒的門鎖上了，連我都出不去，她就更出不去。知不知道？」

小熊說：「你出不去是你出不去。她一定能出去！」

布娃娃哭起來了。大家都對她說：「別哭別哭！別信紙板公雞的話。你一定能出去的。」

紙板公雞看見布娃娃哭了，也覺得有些不好意思，就對布娃娃說：「出不去就出不去，哭什麼呀？你聽我唱個歌，好嗎？我唱得好聽極了，比洋鐵人他們都唱得好。」

絨鴨子說：「不聽。你的嗓子不好，你唱得一定不好聽。」

紙板公雞很不服氣，問：「誰說我嗓子不好，你聽過我唱嗎？」

絨鴨子說：「我就不聽，不聽你的歌。」

紙板公雞咳嗽了幾聲，清了清嗓子，說：「那你怎麼知道我的嗓子不好呢？你真是喜歡胡說！你不聽，我就偏要讓你聽一聽。如果在過去，你請我唱我還不唱哩。現在，我就要唱！你聽著吧！還有，布娃娃，你也聽著吧！你一聽，準保就哭不出來了。還有，你們大夥，也都聽著吧！……」

紙板公雞伸長了脖子，正要唱歌的時候，忽然，「啰嚓」一聲，門又開了。大家以為又是洋鐵人他們來了，連紙板公雞也嚇得縮回了脖子，不作聲了。

「唉唉唉！還不快走，還不快走！你們幹麼老待在這兒呀？」

原來是老麵人來了，大家就得了救了。大家什麼也來不及說，慌慌忙忙就跟著老麵人跑了出去。

這時候，紙板公雞在後面大聲喊叫起來：「等一等！你們都到哪兒去呀？我也去！」

小西說：「你能跟咱們一起走嗎？你不是忙得很嗎？」

紙板公雞一邊跑一邊說：「沒關係，沒關係！我一定得離開這兒。我恨洋鐵人，他們太欺負人了。還有，因為你們還沒有聽見我唱歌。我一定好好唱一次，絨鴨子就不會說我嗓子不好了。還有，因為我對你們很有用。我可以幫助你們，什麼都行。」

小西說：「那麼，你就跟咱們一塊兒走吧。」

就這樣，紙板公雞參加了小西他們這個隊伍。大夥走了沒多遠，突然又遇見了那個直腸子蛇。他又是很有禮貌地向大夥打招呼：「喂！朋友們！到哪兒去呀！你們幹麼不待在洋鐵人的地下室裡呀？」

大家都很討厭他，誰也沒有理他，繼續往前面走。

二十四　祕密當中的祕密

他們到哪兒去呢？誰也沒有一個主意。那麼，還是先到洋鐵人那個倉庫裡面去躲一躲，以後再想辦法吧。於是他們很快就到了那座很好看的小樓房下面。當然，那座小樓房還是沒有門和樓梯，大家還是抓著那根長繩子，一個個爬到樓上去的。當然，那只鐘還是不斷搖晃，也還是沒有一點響聲。

怎麼樣才能離開這個「下次開船」港呢？誰也沒有一個主意。大家都很不高興。只有紙板公雞一個人很高興。他東翻翻，西看看，捧著一個餅乾筒飽吃了一頓。吃飽了，他就批評大家，說大家沒有把樓上收拾乾淨。可是沒有一個人同他爭論。當然，這是因為大家誰都很不高興，誰都不願意說話。

過了好久好久，布娃娃小聲自言自語說：「我要找媽媽。」

紙板公雞聽見了，馬上就接著說：「找媽媽嗎？這還不容易！坐船走唄！」

橡皮狗說：「可是船上都貼了條子，說不開船。」

紙板公雞很自信地說：「你們真傻！誰說不開船呀，條子上不是都寫著下次開船嗎？下次開，就是要開船的意思。」

小熊被紙板公雞這一說，就興奮起來了，說：「真的嗎？可是，『下次』是什麼時候呢？」

紙板公雞很快地回答：「什麼時候？這還要問！『下次』，反正不是『這次』。『下次』，就是說『這次』以後，明不明白？」

他這一說，又把大家弄糊塗了。大家又都不作聲了。過了一會，絨鴨子問老麵人說：「有沒有辦法讓咱們離開這兒呢？」

紙板公雞又搶著代老麵人回答：「沒有！」

絨鴨子說：「不是問你。」

老麵人回答說：「有辦法。可這又是一個祕密。這是所有祕密當中的祕密。」

小西聽說有辦法，就高興得叫起來了：

「祕密當中的祕密，好，好！還是學上次一樣，告訴一點點，行不行？」

紙板公雞又搶著代老麵人回答：「行，行！」

老麵人看了紙板公雞一眼，說：「我也說行。不過，這個祕密我自己並不知道。你來說吧。」

紙板公雞慌了，連忙說：「那我也不知道。」

老麵人笑了，說：「紙板公雞說不知道，那是真話。可是故事口袋知道，因為這是一個故事，只有讓故事口袋來告訴你們吧。」

「我要聽故事，我要聽故事！」布娃娃叫。她臉上馬上就出現了一些紅色。

老麵人拿出了那個綠色的小口袋，對口袋說：「故事口袋啊，麻煩你再講一個故事吧！題目就叫做〈祕密當中的祕密〉，告訴他們怎樣才能離開這兒。可是只講一點點，不要講得太多了。講多了就不是祕密了，對不對？」

故事口袋講話了，他一個字一個字說得清楚極了。他說：「對！我就講一點點。多一點也不講。我講的時候，大夥不許問話，不許打斷我的話。要是誰打斷我的話……」

紙板公雞很得意地說：「你放心好了，我一定不打斷你的話。」

絨鴨子問：「要是問了話又怎麼樣呢？」

故事口袋說：「那我就不回答。就是回答也只回答一點點。現在開始了。大家注意，你們把我當作『下次開船』港，對啦！現在我就成了『下次開船』港了……」

下面就是故事口袋講的故事：

現在我叫做「下次開船」港。在我這兒，沒有早上，也沒有晚上；沒有風，也沒有浪；沒有船開進來，也沒有船開出去。可是，在很久很久以前，我不是這個模樣。這兒就像旁的地方一樣，有早上，也有晚上。到了早上，陽光明亮，大家跳跳蹦蹦，上學的上學，幹活的幹活。

（小熊忍不住插嘴問了一句：「那時候許不許玩兒哪？」）

當然許玩兒哪！做完了功課幹完了活，玩兒起來特別快活。到了晚上，夜幕罩住天空，大家閉上眼睛，睡得安安穩穩。

那個時候，也像旁的地方一樣，這兒有風也有浪。當微風吹起來的時候，波浪輕輕拍著海岸；當狂風怒吼的時候，波濤就上下翻騰。水手們不怕風浪。從早到晚，都有船開來，又有船開走。

後來我才變成了現在這個模樣……

（小西問：「那是為什麼呢？」）

為什麼？那可怪不了我！要怪那些懶惰的小孩。那些懶惰的小孩不喜歡有早上。因為有了早上，他們就要起床，去上學。他們也不喜歡有晚上。因為有了晚上，他們又要上床，去睡覺。他們上了床就不願意下床，下了床就不願意上床。你說他們懶，他們玩兒起來可帶勁兒。

（小西說：「我知道，你這是在說我。」）

是嗎？那你就想一想。我還要接著往下講。

他們誰都把早上和晚上忘掉了，慢慢早上和晚上也都不上這兒來了。

（紙板公雞說：「沒有早上和晚上，可還有白天哪！」）

對，還有白天，白天還要做功課，又怎麼辦呢？他們可有辦法，他們幹麼要說這麼多「下次」呀？

（大家回答：「為了現在不做功課唄！」）

就是！他們還有個「這次」。要做功課他們就說「下次」，玩兒起來他們可就是「這次」，慢慢我也就跟他們學會了「下次」。一遇見正經事兒，我就說「下次」。老這麼「下次」，「下次」的，我就變得和那些懶惰的小孩一樣懶惰了。

我這兒的空氣變懶惰了，就不颳風了。這兒的水也睡著了，就不起波浪了。這兒所有的船也學會了「下次」，全都不開動了，甚至連這兒的花兒也學會了「下次」，全都不開放了。從此大夥就給我起了一個名字，叫做「下次開船」港。

後來，這兒就來了三個最懶惰的壞蛋……

（小西問：「是不是洋鐵人他們？」）

對啦！就是洋鐵人、白瓷人和灰老鼠他們三個。因為他們懶惰，在別的地方都待不住，就躲到我這兒來了。後來他們就變成了這兒的主人。他們什麼也不做，淨讓別人服侍他們。先是讓那些懶惰的小孩們來服侍他們，可是懶惰的小孩們不會做事，後來他們就讓那些不怎麼懶惰的小孩們來服侍他們。後來，你們就都知道了。

（小西說：「那怎麼辦哪？我們都想離開這兒，你能不能讓這兒的船開動呢？」）

能。要這兒的船隻重新開動，除非我自己重新活動。要我重新活動，除非我重新變得有勁兒。要我重新變得有勁兒，除非黃鶯重新歌唱。

（橡皮狗問：「怎樣才能讓黃鶯重新歌唱呢？」）

有辦法。只要老麵人用笛子學黃鶯歌唱，真的黃鶯聽見了就會歌唱了。黃鶯一歌唱，我就會變得有勁了。不過，那時候有……

（布娃娃說：「說呀，往下說呀！」）

不過，那時候，老麵人他自己就沒有勁兒了。因為到了那時候，他就要變得更加衰老了。也許，他就要死了……

故事口袋說到這裡就說不下去了。

布娃娃的臉馬上又變得蒼白了，說：「那多可怕呀！不能讓他死，不能讓他死！」

老麵人說：「沒有的事兒，沒有的事兒，如果黃鶯能夠歌唱，那我就更會有勁兒了。這又是一個祕密，可不能告訴你們……」

老麵人的話還沒有說完，外面突然出現了很大的喊聲：「他們在樓上，他們在樓上！快把他們逮住，快把他們逮住！」

原來，是洋鐵人他們找到這兒來了。

二十五　洋鐵人他們的進攻

「快快投降，快快投降！不投降我們就要進攻了！」三個壞蛋在樓底下排成一排，對著樓上拼命喊。

他們都化了裝，那模樣真怪極了。洋鐵人和白瓷人頭上都戴著鋼盔，身上都用細細的繩子纏繞起來了。洋鐵人手裡拿著一把長刀。白瓷人手裡拿著一支長矛。灰老鼠個兒小，手裡只拿著一根細木棍。他頭上沒有鋼盔，可是戴了一頂很奇怪的帽子。原來那是一個盾牌。他沒有鋼盔，就把盾牌頂在腦袋上來代替鋼盔。

紙板公雞看見他們這樣打扮，心裡有些害怕，就對他們說：「幹麼你們要生氣呀？有什麼問題好好說，幹麼要嚷嚷呀？」

洋鐵人舉起長刀來揮舞了一陣，大聲喊叫：「我就高興生氣，你管不著！這是我的，我的樓，不許你們待在上面！」

白瓷人也跟著舉起長矛來揮舞了一陣，說：「對，這是洋鐵人的倉庫。還有，你們沒有得到他的許可就跑上去了，把我都氣壞了。還有，你們也沒有得到我的許可。還有，你們連告訴都沒有告訴一聲就逃走了，你們太壞了，把我都快氣病了。還有……」

洋鐵人推了白瓷人一把，說：「少說一些！叫他們快快投降吧！」

白瓷人很有禮貌地點了點頭：「嗳！這就喊。」

於是三個壞蛋又一起喊：「快——快——投——降——！」

小西回過頭就對大家說：「咱們回答他們，就不投降。一，二！」

於是樓上也一起喊：「就——不——投——降——！」洋鐵人仰起腦袋來喊：「不投降，我們就進攻了！這一次，我們就不客氣了！」

小熊回答：「不怕你們，你們來吧！」

紙板公雞小聲對小熊說：「你瞧你！你這樣說，他們真要進攻怎麼辦？咱們打得過他們嗎？」

橡皮狗聽見紙板公雞的話，就叫：「紙板公雞害怕了，紙板公雞害怕了！」

絨鴨子也說：「什麼什麼呀！就要叫，就要叫！」

於是大家就又一起對著洋鐵人他們喊：「你——們——不——敢——上——來——！」

樓底下，三個壞蛋商量了一陣，他們就讓灰老鼠出來說話。灰老鼠對著樓上說：「要我們不進攻也行，你們把樓上吃的東西送一些給我們。」

老麵人回答：「不給！」

灰老鼠又說：「給一點點該可以吧？只要一點點就行了。因為，我們有點兒餓了。」

樓上又一起回答：「不給，不給！」

洋鐵人氣極了，馬上舉起長刀來，對著白瓷人和灰老鼠下命令：「排隊！報數！」

白瓷人和灰老鼠兩個立刻就排好了隊。白瓷人喊：「一！」接著灰老鼠喊：「二！」

洋鐵人又對他們下命令：「現在，向樓上進攻！」

可是白瓷人和灰老鼠兩個，你看著我，我看著你，誰也不上前。過了一會，白瓷人就催灰老鼠說：「上呀！你頭上頂著盾牌，不怕打，你上呀！」

洋鐵人聽了，就對白瓷人說：「你自己幹麼不上呀？你頭上戴的還是鋼盔哩。」

白瓷人馬上打了一個長長的呵欠，慢吞吞地回答：「我太胖了。大夫不讓我做事兒。唉呀！大夫還不讓我多說話。還是你同灰老鼠上吧，這一回我請假了。」

洋鐵人說：「你太胖了。你沒看到我還太瘦了嗎？大夫也告訴過我，不要跟人家打仗。那麼，還是灰老鼠上吧。」

白瓷人馬上表示同意：「對，就灰老鼠一個人上也行。」

灰老鼠眨了眨眼睛，說：「我不行。因為我個兒太小。」

洋鐵人生氣了，就舉起長刀來喊叫開了：「你們都是膽小鬼！瞧我的，我一個人幹！」

說完，洋鐵人就挺著胸朝樓邊衝過來。可是樓太高了，他跳不上來。他就撿起一塊石頭，朝樓上扔過來。！一塊玻璃打碎了。

橡皮狗很得意地對著他喊：「沒打著，沒打著！」紙板公雞很快就躲在桌子底下了，驚慌地喊叫：「快關上窗子呀！關上窗子就不怕了！……」

洋鐵人又朝樓上扔了幾塊石頭，還是誰也沒有打著。洋鐵人不斷扔石頭，小熊生氣了，馬上就抓起兩個罐頭扔下去。

三個壞蛋嚇得扭轉身就跑。後來白瓷人看見扔下來的是罐頭，馬上又回過頭，撿了一個在手裡。灰老鼠眼睛尖，馬上也去搶了一個在手裡。

洋鐵人一看見白瓷人和灰老鼠手裡的罐頭，馬上就去搶他們的。他叫：「這是我的！」

白瓷人也叫：「這是我的！」

灰老鼠也叫：「這是我的！」

「我的，我的，我的！……」三個壞蛋亂喊亂叫亂搶，隨著就互相打起來了。

小西他們看得都笑起來了，連布娃娃也都笑起來了。紙板公雞聽見大家笑，就從桌子底下爬出來。他一看，也笑了。

三個壞蛋還在亂打。橡皮狗撿起洋鐵人扔上來的一塊石頭扔下去，一下正扔在洋鐵人的屁股上。撲通！洋鐵人摔了一跤。他一爬起來就去搶，他以為樓上又扔來了罐頭哩。

灰老鼠叫：「了不得！他們有石頭，快逃命呀！」

三個壞蛋馬上就轉身逃走，他們一個個跑得真快，沒想到那個胖胖的白瓷人一下居然還跑了個第一哩。

二十六　小西和小熊守衛

壞蛋們逃走了，小西他們高興極了。他們笑了又笑，後來都笑得不能再笑了。可是他們還是想笑。後來，他們笑得連聲音都出不來了。

「我還要笑一次……」小熊說。他拼命張大著嘴，想發出一個「哈」的音。可是，過了好久好久，他卻發出了這樣一個聲音「呀——呵——喲——！」這不是笑聲，而是一個呵欠。

奇怪得很，小熊這樣打了一個呵欠以後，接著橡皮狗，接著木頭人、布娃娃、紙板公雞、老麵人都打起呵欠來了。

小熊說：「我再不打呵，呀——呵——喲！欠，這，兒兒兒……怎麼回，事兒呀？我的舌頭大，大，呀——哈喲！起來啦！這，兒兒兒……」

他又一連打了好幾個呵欠。接著大家就不斷打呵欠。只有絨鴨子不打呵欠，可是她早已閉上眼睛睡著了。

原來大夥都困了。這兒雖然沒有夜晚，可是到困了的時候，瞌睡還是照樣來了。絨鴨子不聲不響睡著了。接著橡皮狗又打了一個半截呵欠，就是說一個呵欠還沒有打完，就睡著了。因此在他睡著以後，他的嘴還是張得大大的。

紙板公雞把眼睛閉上了一半，說：「睡吧，睡吧！睡醒了，我給大夥唱歌兒。」

小熊也閉上了眼睛：「兒兒兒，睡吧……兒兒兒，唱歌兒……」

小西說：「不行！大夥都睡了，要是洋鐵人又來了，怎麼辦？」

紙板公雞偷偷睜開了一隻眼睛：「他們害怕了，他們不敢來了。睡吧，睡吧！」

木頭人的舌頭也大了，說：「要是，他們又來了，兒兒兒……那可，那可，怎麼辦？」

「兒兒兒，揍——他們。」小熊模模糊糊地說。

小西說：「咱們留兩個人警衛，剩下的人都睡，好不好？」

紙板公雞說：「好！什麼？我沒有聽見。我聽不見。我睡著了。」

說完，他趕緊把眼睛閉上，再也不作聲了。

小西就對小熊說：「咱們兩個來警衛吧，讓大夥睡。」

小熊揉了揉眼睛，說：「咱們守衛。讓大夥都睡，都睡，好！」

於是，小西和小熊兩個就來守衛。小熊找了一根木棍扛在肩膀上，這樣他就像一個真正的兵士了。他扛著木棍在窗子前面來回走。他把眼睛睜得大大的，不斷往窗子外面看。

過不了一會工夫，所有的人都睡著了。絨鴨子還大聲說起夢話來：「不上床，不上床！……下次，下次……鐘壞了，鐘壞了！……兩個蘋果……」

小熊又打了一個呵欠，他連忙往窗子外面看了一眼，對小西說：「守衛的兵士就不睡覺。你看，我就不睡。」

小西說：「也不打呵欠。」

小熊跟著說：「對，也不打呵欠。」

小熊用力把眼睛睜得大大的。可是，沒有多大工夫，他的眼睛就又慢慢小下來了。他問：「怎麼他們還不來呀？」

小西也說：「是啊，怎麼還不來呀？」

「我就不睡，就不睡。兒兒兒……」小熊的舌頭又大起來了。他又打了一個呵欠。接著小西也打了一個呵欠。

一會，小熊又說：「兒兒兒……怎麼他們還不來呀？我困了。」

小西想了一想，說：「咱們來數數吧，一數數就不會困了。」

「真的嗎？數多少呢？」

「數一百吧。」

「要是數完了一百，他們還不來呢？」

「那就再數一百吧。」

小熊興奮起來了，說：「數好多好多一百，我就老也不會困了，是吧？那我就開始。」

「好！數一百是很容易的，可是不許數錯啊！」小西想幫助小熊一下，就又當起算術老師來了。「好比有一百個蘋果，那都是你的，你要是數錯了，你就不會有一百個蘋果了，是不是呀？」

「我有那麼多蘋果嗎？」小熊又驚訝又高興，說，「你聽著。一，二，三，四，……」

數呀，數呀，數到三十二的時候，小熊的舌頭忽然又變得大了起來。這次是小西先打了一個長長的呵欠，接著小熊也打了一個長長的呵欠。

兩個人把呵欠一打，小熊就忘了他數到多少來了。他問：「我數到哪兒啦？」

小西回答不上來，就說：「我也不知道。重來吧。」

於是小熊就又從一數起。可是數到二十以後，他就亂了。他說：「二十一，兒兒兒，二十三，三十二，三十三，兒兒兒……三──十，十一，十二……」

小西的舌頭也變大了，說：「不對！是十──八，十──兒兒兒，十六……」

小熊就接著數：「十七，十八，九，九十，九十一，六十二……」

這時候，紙板公雞突然也說了一句夢話：「我會唱歌兒，你們有什麼了不起！」

小熊一聽，非常生氣，接著就說：「你有什麼了不起。我有蘋果，就不給你！五，六，七，八，九十，九十一，二十一，三十一，四十五……」

不知道是在什麼時候，小熊閉上了眼睛。他的木棍早已掉到樓底下去了。也不知道是在什麼時候，小西也閉上了眼睛。他們兩個全都睡著了。小熊枕著一個餅乾筒直打鼾。小西又把小熊當了枕頭，睡得好舒服。

二十七　大家都被俘虜了

「不許動，舉起手來！」

小西一聽見這個喊聲，馬上就醒過來了。壞了！洋鐵人、白瓷人和灰老鼠三個不知道是在什麼時候都爬到樓上來了。他們手裡都拿著武器，對著大夥。可是大夥還沒有都醒過來。

洋鐵人很得意地說：「現在，你們都是俘虜，都是我的俘虜了，知道不知道？」

「不知道。」小熊在睡夢中回答了一句。他眼睛還沒有完全睜開，馬上又數起數來。「二十六，七，六……一，二，三，……什麼？三個壞蛋！」

灰老鼠很生氣，用棍子敲小熊腦袋：「你是個大笨蛋狗熊，快舉起手來！」

這一下才讓小熊完全醒過來了。小熊剛想站起，洋鐵人就舉起了亮閃閃的刀，叫：「不許動！」這時候，睡著的人才一個個都醒過來了。

最後一個醒過來的是紙板公雞。他沒有看見洋鐵人三個。伸了一個愉快的懶腰以後，他自言自語說：「呀呀，哎呀！這一覺睡得真甜呀，就像吃了一個大蘋果似的。我做了一個很長很長的夢，有趣極了。我夢見我站在那個洋鐵人的腦袋上，我唱了一個歌兒……」

洋鐵人馬上過去踢了他一腳：「誰讓你站在我腦袋上，誰聽你唱歌兒！」

紙板公雞一看是洋鐵人，有點害怕：「你不聽就不聽，又不是唱給你聽，你幹麼踢人哪？」

白瓷人叫：「就是要踢，就是要踢！因為你是我們的俘虜，你們全都是俘虜，我們愛踢哪一個就踢哪一個。你當踢人是一件容易的事嗎？可不容易咧。因為踢人還得用力，這是很累人的。所以，踢了你你就不應該抱怨。」

紙板公雞小聲咕嚕：「哼！沒有聽說過。……」

三個壞蛋餓極了，他們每個人都搶了許多吃的東西，馬上蹲在地板上吃了起來。他們就像貓吃東西一樣，一邊吃一邊還不斷哼哼。

洋鐵人哼哼說：「糖真甜，真不鹹！我要長肉，我不願意瘦……！」

白瓷人哼哼說：「我不願意胖，再吃一塊糖；我不要長肉，再開一個罐頭！……」

灰老鼠哼哼說：「糖糖糖糖，甜甜甜甜，香香香香！……」

他們就這樣吃呀，吃呀，也不知道吃了多久，反正一直到樓上所有能吃的東西都被他們三個吃光了，他們每個人的肚子都變成圓鼓鼓的了，他們才停止。

洋鐵人點了支長長的紙煙，摸了摸自己的肚子，滿意地說：「這一回才不餓了。現在，開始分配俘虜。我先說。布娃娃是我的。還有，把小熊也分給我。還有，還有……」

白瓷人急了：「還有我，還有我呀！把誰分給我呢？」

洋鐵人說：「把絨鴨子分給你。」

白瓷人不高興了：「我不要！絨鴨子太笨，啥也不會，連話都說不清楚。我要老麵人，因為他很聰明，叫他幹什麼他就能幹什麼。」

洋鐵人說：「真的嗎？那麼，老麵人就算我的了。把紙板公雞分給你吧。」

灰老鼠說：「紙板公雞會唱歌兒，分給白瓷人也挺好。」

白瓷人更不高興了，對灰老鼠說：「你忘了我有病嗎？我就是不大愛聽歌兒，一聽了歌兒就失眠，你不知道嗎？當然，洋鐵人編的那個歌兒我愛聽，還愛唱。不過除了那個歌兒以外，什麼歌兒我都不能聽。你喜歡紙板公雞，就把紙板公雞分給你吧。我要橡皮狗。」

他們商量來商量去，就把布娃娃、老麵人和小熊分給了洋鐵人；把橡皮狗和絨鴨子分給了白瓷人；把小西和紙板公雞分給了灰老鼠。剩下一個木頭人，三個壞蛋誰也不願意要。

洋鐵人說：「木頭人一點兒用也沒有！你看他那醜樣兒，還說有什麼真正的眼淚。」

白瓷人說：「把他殺死吧！這樣就什麼眼淚也沒有了。」

灰老鼠叫：「對，對！殺死他，殺死他！」

洋鐵人搖頭說：「不，不，不！別忙！咱們先來唱一個歌兒。唱完了歌兒，咱們再來動手殺木頭人。現在，開始！」

於是洋鐵人第一個直著嗓子唱起來了，接著白瓷人和灰老鼠也跟著用顫抖的聲音唱起來了。洋鐵人唱得高興，還閉上眼睛搖搖擺擺地跳起舞來了。

木頭人哭起來了。布娃娃也哭起來了。可是三個壞蛋誰也不理他們。「呼——嚕——，呼嚕嚕嚕，呼嚕嚕嚕……」他們越唱聲音越大。洋鐵人越舞蹈越快。灰老鼠就對他叫起好來。白瓷人越唱越高興，就抓起一個空餅乾筒當鼓敲起來。「通通通，通通通，通通通！……」

二十八　時間小人兒回來了

洋鐵人忽然跳了起來，慌慌張張地說：「不好了，不好了！哪兒在敲鐘？我聽見了鐘聲。」

灰老鼠也慌了：「什麼？敲了鐘嗎？」

白瓷人說：「不要怕，不要怕！這是我在敲餅乾筒。」

洋鐵人很生氣地說：「是嗎？不許敲了，再也不許敲了！餅乾筒不是鐘，可是我聽起來總有點像敲鐘，敲得我很不好受。」

白瓷人放下了餅乾筒，拿起一瓶酒來，仰著腦袋，「咕嘟咕嘟」一下都倒在肚子裡去了。他高聲嚷叫起來：「喝酒吧，喝酒吧！不要怕，鐘聲再也不會響了，因為時間小人兒再也不會回來了。咱們勝利了，橡皮狗，去給我再拿一瓶酒來！」

灰老鼠也對紙板公雞說：「你也去給我拿一瓶酒來吧！是的，別害怕。咱們勝利了。咱們愛喝多少就喝多少……」

洋鐵人說：「還有，愛玩兒多少時候就玩兒多少時候，真是好極了！可是，可是我就是有點害怕。布娃娃，給我也拿一瓶酒來！」

白瓷人說：「多喝一點兒就不會害怕了。只管喝吧，喝醉了就睡。愛睡多少時候就睡多少時候，反正誰也管不著咱們了。喂，別忘了，一會兒咱們該動手殺木頭人了。」

木頭人在哭，他的心跳得撲通撲通響。布娃娃在哭，絨鴨子也在哭，小西真是難受極了。可憐的木頭人就要死了，怎麼辦呢，怎麼辦呢？

灰老鼠說：「喝完了這瓶酒就動手。」

洋鐵人說：「對！就動手，就動手！」

這時候，小西突然想起了一件事兒，他就小聲說：「他們要殺死木頭人了！時間小人兒啊，你別生氣了！請你下次，不，請你馬上就回來吧。快回來吧，快回來吧！」

真奇怪！小西這幾句話聲音小得只有他自己聽得見，可是剛剛說完，那個時間小人兒就從窗子外面進來了。不知道他是怎麼聽見小西的話的。

時間小人兒還是和從前一樣打扮，還是騎著自行車。除了小西以外，誰也沒有注意時間小人兒。時間小人兒動作非常輕。他對小西笑了笑，揚了揚手，就飛快地騎著自行車，順著那根繩子，一下鑽到大鐘裡頭去了。時間小人兒真是守信用，他說只要小西真正歡迎他回來，他就會回來，現在小西一開口，他果然就悄悄回來了。時間小人兒鑽進大鐘以後，大鐘好像輕輕搖晃了兩下。

小西想：「現在，鐘是不是能敲響呢？」

時間小人兒好像又聽見了小西心裡的這一句話，他從鐘裡探出半截身子來，打了一個手勢，叫小西拉繩子。

小西就悄悄走到繩子旁邊，輕輕用腿碰了一下繩子。

「當！」鐘輕輕響了一聲。

洋鐵人馬上跳了起來，很重地揍了白瓷人一下。他對白瓷人喊叫：「幹麼你又敲餅乾筒，我不是說過了不許再敲嗎？」

白瓷人慌慌張張地用手指頭塞住耳朵，說：「我沒有敲餅乾筒，真的沒有。

這好像是鐘聲……」

洋鐵人不讓他說完，就又很暴躁地喊叫起來：「不不不！這不是鐘聲！你膽兒小，你害怕，才以為是鐘聲。你忘了，鐘早已變啞了。所有的鬧鐘、自鳴鐘、鈴兒統統都啞了，再也不會有什麼鐘聲鈴聲了。你膽小鬼，一害怕起來就胡說。」

白瓷人縮著腦袋，但是堅持說：「不過，我覺得實在有那麼一點兒鐘聲的味道……」

洋鐵人又舉起拳頭來：「不不不！不是鐘聲，不是鐘聲！你胡說！」

灰老鼠一邊發抖一邊說：「大概，大概不是鐘聲。不過不知道為什麼我忽然想起了搖鈴的聲音，也想起了鬧鐘的聲音。好像又有誰來催咱們，叫咱們去幹什麼似的。」

白瓷人又抓起了一個酒瓶來喝了一大口，說：「別管他！喝酒吧，喝酒吧！喝了酒就不會害怕了。」

洋鐵人忽然發起愁來了，他皺著眉頭掏出一支長長的紙煙來：「我要抽煙，我要抽煙！我要抽了煙才不會害怕。剛才真是鐘在響嗎？你們真沒有敲餅乾筒嗎？不許騙人，真是鐘聲嗎？如果是鐘聲，鐘聲是從哪兒來的呢？我要抽煙，我要抽煙！……」

小西雙手抓住繩子，大聲說：「聽吧！這是真正的鐘聲，非常非常好聽的鐘聲！」

說完他就使勁拉了一下繩子。鐘搖動了一下，就發出巨大的響聲來了。「當！嗡嗡嗡嗡！……」

三個壞蛋立刻就都被鐘聲震得翻了一個筋斗。

洋鐵人爬起來就大聲喊：「鐘又響起來了！快逃命啊，快逃命啊！」他第一個從窗子裡跳出去了。

白瓷人和灰老鼠兩個嚇得暈過去了。過了好半天，他們兩個才從地板上爬起來，接著就從窗子裡跳出去了。

小西又使勁拉了一下繩子。「當！嗡嗡嗡嗡！……」

樓下面，正在逃命的三個壞蛋聽見這聲音馬上又都嚇得跌了一跤。他們一爬起來，就都用手指頭堵住耳朵，接著又你撞我，我撞你，亂跑起來。他們頭也不回地飛跑，一轉眼工夫，就跑得連影子都看不見了。

二十九　假黃鶯和真黃鶯

三個壞蛋被鐘聲嚇跑了，小西他們高興得又跳又蹦，又拍手又喊叫。紙板公雞突然伸長了脖子，大聲唱了一聲，「格二——爾格！……」真的，他的嗓子很壞，雖然聲音很大，可是又粗又破。大家因為太高興了，聽了他這個難聽的歌兒，也不覺得怎樣討厭，有的人甚至還為紙板公雞鼓了一陣掌哩。接著，小熊頂一個瓶子在腦袋上，跳起舞來。

「好啊，好啊！」老麵人叫。他拿出那支笛子來，對笛子說，「現在該你唱了，好好地唱吧！」

老麵人把頭一偏，就吹起笛子來了。他吹的是一隻黃鶯喜愛的曲子。笛子模仿著黃鶯的歌唱。最先出現的是幾個曲調單純一些的歌兒。笛子以最純淨，最嘹亮的聲音重複著這每一個歌兒。

笛子以最飽滿的熱情吹奏著，好像夏天來了，一隻隱藏在綠葉叢中的黃鶯在讚美那柔和的雲彩，讚美那明亮的陽光，讚美遊戲、運動和生長。

笛子顫動了幾聲，接著吹起一些調子複雜的歌兒來。好像烏雲在天空奔跑，樹枝在搖晃；好像粗大的雨點斜斜地飄落到池塘裡，花瓣在狂風裡旋舞。急雨很快過去了，太陽仍舊出現在碧藍的天空。樹葉上殘留的每一個圓圓的雨點都閃耀著太陽的光亮。一隻黃鶯在安慰它的同伴：耐心一些，不要發愁！淋濕了的羽毛很快就會乾，一會兒又可以起身去遊玩。

笛子反覆吹奏著，一聲緊一聲。那是在早晨的森林裡，幾隻黃鶯在比賽歌唱，比賽誰的歌曲最多變化，誰的嗓子最圓；比賽誰的歌曲裡包含著更多的愛，誰的聲音更甜。吹著吹著，老麵人的身子搖晃起來了。吹著吹著，老麵人額頭上的皺紋更多起來了，他的眉毛壓得很低，他的臉也慢慢變得蒼白起來了。

小西緊緊地握住自己的手。布娃娃的眼睛一動也不動，好像發了呆。小木頭人用兩隻手捧住腦袋。橡皮狗用尾巴在地板上輕輕打著拍子。紙板公雞臉上再也看不見驕傲的表情了。絨鴨子張大了嘴。所有的人都聽得感動極了。

老麵人深深吸了一口氣，笛子忽然換了一個最華美最跳動的歌曲。那是一個狂歡的曲調，但是歡樂裡面夾雜著不安。好像一隻年輕的黃鶯在興奮地尋找自己的同伴，一會兒飛起，一會兒落下；一會兒從一棵樹上飛到另一棵樹上，一會兒從另一棵樹上又轉移到遠遠的地方去了。它飛了又飛，唱了又唱，似乎一點兒也不感覺疲倦。

「聽，聽！」小西小聲說，「遠處那是什麼聲音？」

是啊！那是什麼聲音，那是什麼聲音？

在遠遠的地方，有一隻真正的黃鶯在開始歌唱了。那聲音很小，卻是那樣結實有力。那聲音是樸素的，卻又那樣婉轉，就好像泉水在山谷裡流，絲帶在微風裡飄，露珠在荷葉上滾。

老麵人也聽見了真黃鶯的歌唱。他一邊吹笛，一邊對大家眨眼睛。他吹著吹著，臉上顯得更加蒼白了。他微笑著，眼睛閃著光，兩滴淚珠慢慢滾了出來。

假的黃鶯用盡了全力領唱，真的黃鶯輕鬆而熱烈地跟隨。笛子每吹一句，真的黃鶯也回答一句。漸漸，那隻黃鶯越飛越近，它的歌聲也越來越響亮了。

接著第二隻黃鶯唱起來，第三隻黃鶯唱起來，許多許多黃鶯都唱起來了。

黃鶯們就像在唱：溫暖的季節來了，明亮的夏天來了！孩子們，你們就生長吧，跳躍吧，奔跑吧，飛翔吧！地上最好的東西是你們的，水裡最好的東西是你們的，天上最好的東西也是你們的。已經有了的好東西是你們的，那還沒有出現的好東西也是你們的，時間同你們在一起，未來同你們在一起，希望同你們在一起。不要愁眉苦臉，不要唉聲嘆氣！開始，開始！馬上就開始，不等那個「下次」！你們已經懂得應該怎樣注意，時間就再也不會同你們分離。現在是又溫暖又快樂又熱鬧，咱們就跳吧，叫吧，笑吧！

當黃鶯們在歡樂地歌唱的時候，漸漸又出現了喜鵲的叫聲，燕子的叫聲，布穀鳥的叫聲，和各種各樣小鳥的叫聲。一會，接著又出現了風的呼嘯的聲音，樹枝搖動的聲音，河水流動的聲音，和海潮起伏的聲音。

漸漸，天上凝固不動的雲朵也變活了，開始移動起來。大雨點也從雲裡掉了下來。急雨過去了，一道彩虹像橋一樣架在藍色的天空裡。微風吹到小樓裡來了，金色的陽光也射到小樓裡來了。

「花兒，花兒！」布娃娃歡喜地喊叫著，「花兒都開了！」

真的，不知道在什麼時候，外面突然一下就開滿了各式各樣的花兒。那淡紫色的是丁香，那像紅色的霧一樣的是榆葉梅，那是鮮豔的牡丹，那是大朵的芍藥，那盤繞著籬笆的是牽牛，那浮在池面的是睡蓮，還有，那麼多各種顏色的高大強壯的大理菊……不知道在什麼時候，「下次開船」港突然一下就完全變了模樣。

三十　年輕的麵人

布娃娃的眼睛好，她往遠處看了看，就看見了海港裡的船隻。那些船都動起來了。她更加歡喜地叫喊：「你們看，你們看！好多好多船開進來了，又有好多好多船開走了。」

「什麼？讓我也瞧瞧！」橡皮狗也想看看遠處那些開動的船隻。可是他眼睛不怎麼行，看了一會，什麼也沒有看見。他就伸著鼻子聞了一陣，說：「對！我聞出來了，船是開動了。」

絨鴨子高興極了：「真的嗎？我要坐船找媽媽。快到海邊去吧，我要好多好多船。」

小熊說：「不要好多好多船，只要一隻船。咱們坐上了一隻船，就都回家去。」

大家一起叫喊：「對啦！咱們都回家去。快走，快走！」

這時候，木頭人忽然很驚慌地對大家說：「壞了，老麵人死了！」

什麼！老麵人死了嗎？

真的，老麵人死了。

不知道在什麼時候，他停止了吹笛了；也不知道在什麼時候，他一個人悄悄躺下來了。他的眼睛閉著，嘴也閉著，手裡還拿著那支笛子。他吹完了最後一個曲子，再也不能為大家吹笛子了。大夥低著腦袋，難過極了。

小西說：「他是多麼好，他是多麼好的一個老麵人啊！」

橡皮狗說：「不，他一點兒不老。他根本不應該死！」

紙板公雞說：「他是英雄，他是真正的英雄，我們要永遠紀念他！」

小熊說：「他太好了。」

絨鴨子說：「也許他沒有死，也許他是睡著了。」

木頭人什麼話也說不出來，只有他的心在「撲通撲通」響。他的眼珠直轉，不用說，那是說，他的眼淚又要往外流了。

布娃娃去採了一朵小花兒。那是一朵淡紫色的小花兒，又美麗，又清香。她跪在老麵人旁邊，把小花送到老麵人面前，小聲地說：「你看，你看！這是真正的花兒，這是真正的花兒……」

可是，老麵人沒有睜眼睛，也沒有聞一聞花兒。

布娃娃把淡紫色的小花兒插在老麵人的衣服上，隨著就低下頭哭了起來。大家也都流起眼淚來了。

後來，過了好久好久，紙板公雞說：「咱們不要難受了，咱們去把可愛的老麵人埋葬起來吧。」

絨鴨子問：「什麼叫埋葬呀？」

小西說：「那就是說，把他放到土裡去，像種東西一樣……」

小熊問：「把老麵人種到土裡去嗎？」

橡皮狗說：「那好極了！也許以後又會長出一個老麵人來。」

紙板公雞說：「你們不懂，要長就要長好多好多老麵人。」

「好極了，好極了！我去。」小熊叫。

「我也去！」絨鴨子叫。

「我也去！」橡皮狗叫。

「什麼？到哪兒去？我也去！」老麵人忽然叫著，一下跳了起來，「你們哭什麼呀？這是怎麼回事兒呀？」

這可又是一件奇怪的事兒。老麵人死了又活了，而且他一下子變成了一個年輕的麵人。原先他是頭髮很少，鬍子很多的，不知道為什麼，現在他就變成頭髮很多，臉上沒有鬍子了。因此我們就不應該再把他叫做老麵人，而應該把他叫做年輕的麵人了。

年輕的麵人，看了看大家，很快活地向大家打招呼說：「你們好，你們好！哭什麼呀？真是傻子！你們看，我現在變得就像剛捏出來的時候那樣新鮮。我再也不皺眉頭，再也不發脾氣了。以後，你們誰也不許叫我老麵人了。」

絨鴨子說：「對啦！你是年輕的麵人。是不是，你的鬍子，又都長到頭皮上面去了？」

小熊又馬上糾正她說：「什麼呀！長在頭皮上的不是鬍子，是眉毛。」

木頭人說：「是頭髮。」

年輕的麵人哈哈笑了一陣，說：「是頭髮是眉毛是鬍子，都沒有關係。反正我現在又有力氣了，我又能吹笛子，又能游泳，又能溜冰了。以後咱們大夥常在一塊玩兒，你們說好不好？」

大家都說：「好，好極了！」

三十一　尾聲

講到這兒，故事就快要結束了。

老麵人變成了年輕的麵人以後，他立刻就同小西他們到了海邊。碼頭旁邊的船都換了紙條，上面不是寫著「馬上開船」，就是寫著「這就開船」。當然，那些煙囪都冒煙了，那些桅杆都升起了帆。船上鳴著汽笛，敲著鐘，打著鑼，熱鬧極了。海水的顏色也變了，變得就和普通的海水一樣。波浪輕輕翻滾，還有許多水鳥貼著水面飛行。

小西他們選擇了一條最漂亮的帆船。大家都高高興興地上了船，只有年輕的麵人不肯上船。這是因為年輕的麵人要留下來，照顧那些黃鶯和花兒。他怕洋鐵人那些壞蛋還要出來搗亂。年輕的麵人自己不走，就把那個綠色的故事口袋送給了大家，好讓大家一路上可以不斷聽它講故事。

在開船以前，大家還向年輕的麵人提議，把「下次開船」港改一個名字。因為這裡從此又有了風和波浪，早上和晚上，從此所有的船也都能開動了，那麼，這個港口的名字就再也不能叫做「下次開船」港了。大夥在一起討論了一會，都贊成把這個港口的名字改成「故事港」。

當然，那個打算永遠留在「故事港」的年輕的麵人同馬上要離開「故事港」的小西他們的分別是一場非常難受的分別。帆船開行了好半天，兩邊都還不斷招手，不斷喊叫：「再見，再見！」

後來，小西就回到了自己家裡。因為小孩們離了家，不論他們走了多遠，只要他們忘不了媽媽，媽媽忘不了他們，他們最後總是要回到自己家裡的。至於以後小西是不是把那幾道算術習題都做完了，那個鬧鐘到底是不是壞了，如果壞了，以後是不是修好了，我都不大清楚。我只知道，後來小西慢慢懂了一些事情，比方說，應該怎樣對待功課和遊戲。不過，這個我不能說。因為我還沒有同小西商量好。

還有，小西後來又慢慢長出了一個自己的影子，這個影子當然是不喜歡亂嚷嚷的，當然，他再也不會丟掉這個影子了。

至於布娃娃、小熊他們回到了什麼地方，以後他們又遇見了一些什麼，又做了一些什麼，這就更不能說了。因為一說起來話就很長，一個故事老沒完沒了的，那多不好呀！

南南和鬍子伯伯

鬍子伯伯是一個奇怪的好老人。他很歡喜小孩；遇見過他的小孩都是很幸福的。有一個叫南南的小孩遇見過他一次，不信你問南南是不是這樣，他一定要說：「是啊，鬍子伯伯好極了，我真喜歡他。」接著他還要說：「我真還想看見他一次。那天晚上我玩兒得太累了，後來，不知怎麼我就睡著了。他把我送回到我床上，他就走了。我忘了問他什麼時候再來。我真想他再來同我玩兒。跟他一起玩兒，哎，真有意思！」

到底怎麼樣有意思呢？現在讓我們來講講南南遇見鬍子伯伯的那個晚上吧。講出來以後，大家就都明白跟鬍子伯伯在一塊玩兒是多麼快樂，多麼有意思了。

南南平常睡覺睡得好極了，他一睡著就什麼也不知道了，就是誰擱一塊糖在他嘴邊他都不會知道。那天夜裡，誰也不知道為什麼，他睡得好好的，忽然一下他就醒過來了。好像發生了一些奇怪的事情，他一睜眼就覺得和往常有些不同。他床旁邊的窗子原來是由媽媽關得好好的，現在忽然開得很大。窗子外面有一個月亮。月亮也和往常有些不同，現在，他顯得非常小，非常暗，像一個滾著玩的小木球懸在半空中。南南想：月亮為什麼變成了這種模樣呢？他想了老半天也沒有想出一個答案來。

他正在想的時候，打窗外飛進來了一隻銀灰色的蛾子。這蛾子長得又胖又大又笨。他彎著腰站在南南床前。好像在尋找什麼東西，東看看，西看看。過了一會，他喘著氣說：「噯！表呢？怎麼瞧不見一個表呀？」

南南從前沒有聽過蛾子說話，不過他看過好多故事書，在那些書上，什麼東西都會說話，所以他現在聽見蛾子說話不覺得怎麼奇怪。

蛾子在屋子裡面走了一會，嘆口氣說：「唉！真討厭！現在是什麼時候都不知道。」

南南看他著急，就對他說：「現在十四點多鐘了。」他自己也不知道為什麼現在是十四點多鐘。真奇怪，他聽見他自己就這麼說了。（他這是不是在亂說話？）

蛾子聽南南這麼回答，急得跳了幾跳，說：「哎呀！不早了，我要看戲去了。」

南南記得蛾子是歡喜燈光的，連忙改正他的話說：「不對不對，你不會看戲。

你應該說是看燈光去，你是歡喜燈光的。」

蛾子很生氣地喊著說：「我會看戲！我要看戲，我要看戲！」

南南坐起來，正要對他講道理，突然聽見天花板上一個聲音喊：「我也要去看戲，等一等我！」

原來天花板下懸著的一根繩子上倒掛著一隻大蝙蝠，是蝙蝠在說話。蝙蝠輕輕地跳下來，對南南笑笑，而且向南南鞠了一個躬。他是一隻漂亮的蝙蝠，穿著一件很乾淨的黑大衣，頭髮梳得很光滑。南南一連看了他幾眼，覺得好像在哪兒見過他。他的臉孔像南南的大叔叔，他們都同樣有一個尖下巴，和一個露著鼻孔的小鼻子。

蛾子對蝙蝠說：「咱們都去聽戲，不讓南南去。」

南南急了，連忙從床上跳下來，說：「我要去，誰說不讓我去！」

蝙蝠連忙退後一步，又向南南鞠了一個躬，說：「好，我帶你去，可是你得聽我們的話。你抱著我脖子，我們『嗚——』地一下就去了，好不好？」

南南很高興，說：「『嗚——』地一下就去了，好，好，好！」

他戴上了帽子，就走到蝙蝠的背後去抱住了他的脖子。蝙蝠叫，「好，走了！」

「呼」地一下他們就從窗子裡衝出去了。蛾子在後面大聲喊：「慢著點兒，等等我！我太胖了，飛不動。」他一邊喊一邊直喘氣。蝙蝠說：「笨東西，快來！」南南爬在蝙蝠的背上，覺得很得意。

喝！他們飛得真快！只是「胡——胡——」，一會兒他們就看不見南南住的院子了。天上是藍藍的，一顆顆星星像紅色的珠子在各處閃光。他們從星星當中飛過去，從一團團的雲彩當中飛過去。前面是蝙蝠和南南，後面是蛾子。蛾子老是「哎呀哎呀」喊叫。他一叫，南南就一笑。蝙蝠對南南說：「別亂動呀，你一動就弄得我癢癢。」

南南不聽話，老是笑，老是在蝙蝠脖子上亂動。後來蝙蝠生氣了，說：「我不帶你了！」他用力一抖，南南就從他背上滑了下去。南南害怕極了，「胡—胡—」地往下直墜。地下很黑，什麼也瞧不見，不知道他要墜多少時候才能墜到地面，墜到了地面還不知道要碰著什麼。這一下可真把南南嚇糊塗了，他的帽子也掉了，他的腦袋也暈了。他又不敢喊叫；就是喊叫，也沒有人能來拉他一把呀！

「胡——胡——」也不知道掉了多少時候，後來，不知道怎麼一下他就砸在一棵柳樹上了。這一下很重，柳樹大聲一喊：「哎喲！壓壞我了，討厭！」他用力一彈，就把南南扔到地上去了。

還好，南南馬上就從地上跳起來了。好像他身上什麼地方都沒有碰壞，因為他不覺得身上有什麼地方疼。他想：真危險，真危險！他幾乎又要笑了。

不過呀，他忽然聽到一種可怕的聲音，他就不敢笑了。有誰用一種尖聲音在那兒說話，好像在商量什麼似的說：「逮住他！」

「他是南南，把他抓起來！」

「把他捉到我們洞裡去！」

南南周圍都是漆黑漆黑的。他看見黑暗當中有一些影子在閃動，他看見有幾對綠色的圓眼睛在看他。他記起了爸爸的話。爸爸說過，狼的眼睛在夜裡看起來是綠的。他想那一定是狼，就問：「喂！你們是不是狼？」

黑暗中有聲音回答：「對啦！我們是。」

南南想了想說：「你們是狼，我可不是南南。」

他害怕極了，連忙就想辦法找一個地方躲起來。他跑了幾步，腳下忽然踢著了一堆草。他看不清楚，只覺得那堆草很長很厚，趕忙就鑽進草堆裡去。他以為一鑽進草堆裡，只要不出聲，狼就會找不到他了。

突然，他耳朵旁邊有一個聲音喊叫：「哎喲！把我的鬍子扯痛了！」

這一下可又把南南嚇了一跳，他連忙從草堆裡爬出來。那草堆站起來了，而且咳嗽。原來那不是什麼草堆，那是一個長著長鬍子的老人。他滿臉都是鬍子，只有眼睛和鼻子沒有長鬍子。南南看了好半天才看出他是一個人。這個老人就是我們要說的鬍子伯伯，不過南南還不認識他。鬍子伯伯摸摸自己的下巴，對南南說：「你這個小孩，你看你多調皮！我在這兒睡覺，你為什麼要扯我的鬍子？」

南南說：「對不起！我不知道那是你的鬍子，我以為那是一堆草。剛才，狼要捉我，我害怕，想找一個地方躲一躲。」

這時候，狼又在叫了：「趕快把南南捉住，趕快把南南捉住！」南南很驚慌地對鬍子伯伯說：「你聽，他們來了，怎麼辦哪？」鬍子伯伯說：「別害怕，我是鬍子伯伯，狼都怕我。我不許他們捉你，他們就不敢捉你。」鬍子伯伯握住了南南的手。他的手真暖；一被他握著，南南全身都暖和起來了；而且，很奇怪，南南的膽兒也變得大起來了。

鬍子伯伯就對狼說：「我是鬍子伯伯，我說，你們不許欺負南南。你們要是不聽我的話，我就要用手杖敲你們的腦袋。」

狼說：「別敲，別敲！您別生氣，我們不欺負南南就是了。」
鬍子伯伯又對狼說：「你們回洞裡睡覺去吧。」狼說：「噯，噯！」於是，黑暗裡的那些綠眼睛就都不見了。
鬍子伯伯把南南拉起來，說：「咱們去玩兒，好不好？」南南說：「好。」於是鬍子伯伯帶著南南就飛快地往前面走。一會兒他們就到了一座高山的頂上。這山真高，山下的樹看起來只像一根根的小草，山下的房子看起來只像一個個火柴匣子。山上什麼東西都沒有，只有幾十隻老鷹站在石頭上。老鷹們看見了鬍子伯伯，馬上就都躲到石洞裡去了。鬍子伯伯找到一塊大方石頭，就和南南一起坐下了。鬍子伯伯說：「南南，我想你肚子餓了，是吧？」南南點點頭。鬍子伯伯從大袍裡拿出一塊月餅來遞給南南，南南就大口大口地吃起來。
不知道為什麼，這時候月亮長大了些，光也亮了些。南南覺得很快活，他一面吃月餅一面看鬍子伯伯。鬍子伯伯的鬍子真是又多又長，除了眼睛和鼻子外，他整個臉都被白鬍子包住了，連嘴都被鬍子包住了。他說話的時候，還得用手去把嘴邊的鬍子撩起來，話才說得清楚。而且鬍子一直拖到地上，把他身子也裹住了。南南想：如果他沒有衣服，這鬍子可以當做一件長袍。

鬍子伯伯說：「南南，你是不是覺得我鬍子很長？」

南南說：「是的，我以前就沒有看見過這麼長的鬍子。從前，我為什麼沒有看見過你呢？」

鬍子伯伯說：「因為我生得很醜，我不大出來。再說，就是過去你遇見了我，你也不樂意看我。真的，我長得很難看。你討厭我，是不是？」

南南又看了看鬍子伯伯，覺得他實在是一個非常和氣的老人，雖然鬍子多一點。但是他那白白的鬍子像一大把毛線，怪好玩的，也並不令人討厭。南南說：「不！我看你不醜，我不討厭你。」

鬍子伯伯呵呵地笑了，他很高興地拍拍南南說：「小孩們都不討厭我，因為我喜歡小孩。南南，你是不是在想我的鬍子為什麼這樣長？我講一個故事給你聽，講我的鬍子的故事，好不好？」

南南最歡喜聽故事，喊著說：「好！請你快講吧！」

於是鬍子伯伯就講他的鬍子的故事，講他的鬍子為什麼這麼多，又這麼長。下面就是這個故事。

從前，我是一個調皮的小孩，和你一樣，臉上一根鬍子也沒有。有一天早上，我在一棵大樹下捉蛐蛐兒，我忽然聽到樹上有幾隻鳥兒在說話，我就偷偷聽他們說什麼。原來是一隻老喜鵲在對小喜鵲們說話，她說：「孩子們，再過幾天你們就要學飛了，今天下午我就動身到快樂谷去，向巨人為你們每個要一身好看的羽毛，和一對好翅膀，好讓你們學飛。」

一隻小喜鵲說：「帶我到快樂谷去吧，聽說快樂谷好極了，那兒有各種各樣的玩具，還有糖果，還有點心。我想去玩兒。」

另外幾隻小喜鵲也都叫道：「我也去，我也去！」

老喜鵲說：「你們現在不用著急。以後你們學會了飛，咱們一家就都一齊飛去。那個巨人待我們好得很。你要吃蟲子，他就給你蟲子吃。你要吃麥子，他就給你麥子吃。你要什麼他就給你什麼。不過，孩子們，一定要等到你們自己能飛了，才能去。媽媽現在帶不了你們。好好等幾天吧，媽媽去了馬上就轉來。」

我聽說快樂谷是那麼好，要什麼有什麼，我想弄一點糖和玩具，就大聲對樹上的喜鵲說：「帶我去！」

老喜鵲伸頭看看我說：「你是誰？你又不是喜鵲，我不帶你去。」

我說：「老喜鵲，你要是不帶我去，我就爬上樹來把你們的小喜鵲都捉走。」

老喜鵲慌了，連忙說：「你這個調皮的小孩，不許捉我的小娃娃！我帶你去，但是你不能飛，怎麼辦呢？」

我想了一想，說：「我跟著你跑好了。你慢慢飛，我快快跑。你要看我掉得太遠了，就停下來等我一陣，好不好？」

老喜鵲說：「好，馬上就走吧。」

於是我就跟著老喜鵲出發了。她在天上慢慢地飛，我就撒開兩腿跟在她後面跑。她看見我掉遠了，就停下來等我。等我跑到了她身邊，她才再又往前飛。這樣我們不知道走了多遠，後來就到了一條河邊。河很寬，喜鵲一下就飛過去了。

我怎麼辦呢？我想跳到水裡游泳過去，我又怕我的力量不夠，游不到對岸。這時候，一條鱷魚張著大嘴向岸邊游過來了。他叫：「我餓了，我要吃一個調皮的小孩，我要吃一個調皮的小孩！」我就越發不敢往水裡跳了。怎麼辦呢？後來我想到了一個辦法。我脫下一件衣服，扔到水裡去，說：「給你調皮的小孩吃吧！」鱷魚信真了，以為那衣服真是一個小孩，回轉身就去咬那衣服。我一下就跳到他背上騎著他了。我用力在他背上捶了幾下，說：「快把我送過河去，不然我還要揍你。」鱷魚說：「哎喲，哎喲！別揍，別揍！我送你過去就是了。」於是他就向著河那邊游去。我騎在他背上真舒服，真有趣，一會兒我就到了對岸，上了岸。

喜鵲站在一塊石頭上等我。她看見我騎在鱷魚背上過來了，就對我說：「你這個調皮孩子，真壞！」

後來，我們又往前走。後來，我們就到了快樂谷。我看見喜鵲說的那個巨人了。他又高又大，站在谷口，像一座寶塔一樣，我要仰著腦袋才能看見他的臉。他兩隻眼睛像兩隻圓玻璃燈籠，亮閃閃的。他滿臉都是黑鬍子，每根鬍子有電線那麼粗——那模樣真是可怕。

喜鵲好像不大怕那巨人，她飛到巨人的肩頭上站著，說：「我們的大朋友巨人，我的五個孩子現在都長大了，過幾天他們就要學飛。我想給他們每一個弄一身好看的羽毛，和一對強健的翅膀，好讓他們學飛。您讓我到谷裡去取這些東西，好不好？」

巨人說話的聲音像銅鐘敲起來那麼響，嗡嗡嚨嚨，震耳朵極了。他說：「好呀，歡迎呀！你們可憐的小鳥是快樂谷最歡迎的客人。」

喜鵲說：「謝謝您！」她就飛進快樂谷裡去了。

一會，我學著喜鵲的腔調也對巨人說：「喂，喂，巨人呀，你聽見了沒有？還有我，我也要進去！我要糖，還要玩具。」

巨人低下腦袋來看了看我，說：「不，不成！你是一個調皮的小孩，不懂禮貌，還專門欺負小鳥，專門戲弄狗和貓的壞小孩，我不能隨便讓你進去，除非你替我做些事才行。」

我問：「沒聽說過，還要做事！那麼，好吧，你說，做什麼事呢？」

「這兒有一堆麥子，也算不清有多少斗，你去把它磨掉。如果你把它磨完了，你就可以進去，願意拿什麼東西就拿什麼東西。如果你磨不完，幹到半截要求不幹，我不但不答應你進快樂谷，而且要把你扔到井裡去，再也不讓你出來。你敢不敢試一下？」

我想，磨一堆麥子有什麼難，就大聲說：「敢！」

巨人笑了一笑，說：「好，你還不錯。以後凡是你磨掉一斗麥子，你臉上就長出一根鬍子來，將來我一看你臉上有了多少根鬍子，就知道你到底磨了多少斗麥子。現在你就去磨吧。」

巨人帶我到一個磨坊邊，我就進去了。磨坊裡頭有一個不大不小的石磨和不多不少的一堆麥子。我就開始推起磨來。那堆麥子真怪，不管你磨了多少斗，只要你打一個呵欠，或者嘆一口氣，它就還了原，變成原來那麼多。我磨了好幾次都失敗了。因為我一累就要打呵欠。一打呵欠，麥堆就變成原來那麼多，等於沒有磨。我心裡實在難受。我想不打呵欠，就不小心要嘆一口氣；不嘆氣，又要打呵欠。所以，磨了又磨，麥子還是那麼多，一點也沒有減少。

我臉上的鬍子可是長了不少。後來有一天，我臉上的鬍子長得都快把鼻子遮住了，可是麥子還是那麼多，我就急得哭起來了。我哭得很傷心。我沒有想到這件工作是這麼難做。我又不敢停止不做。因為，要是我幹到半截不幹，巨人就要把我扔到井裡去。我越想越難過，越哭聲音越響了。

忽然，我聽見一個聲音對我說：「別哭，別哭，調皮的孩子。」

我回頭一看，原來是一個螞蟻，站在靠石磨很近的一面牆壁上對我說話。我說：「我就要哭，這堆麥子老是磨不完！」螞蟻說：「你別著急呀，聽我說吧，你是一個勇敢的孩子，雖然你有些調皮，也不大懂禮貌，可是我們很喜歡你大膽。我們現在願意幫助你一下，我們送給你一塊快樂膠。你用快樂膠把嘴膠住，以後，你就只想哼歌兒，你就再也不會打呵欠，不會嘆氣了。」我聽了他的話，心裡覺得很高興，我說：「真的嗎？趕快，請你快給我去找一塊快樂膠來吧，謝謝你！」那個螞蟻就慢慢爬下牆壁，爬進一個洞裡去了。過一會，他同別的六個螞蟻抬了一塊樹膠出來交給了我。

我就用快樂膠膠住了我的嘴。果然不錯，馬上我心裡就變得快活起來了，以後我就不打呵欠，也不嘆氣了。我不斷小聲哼唱著，愉快地勞動著。過了兩天，那堆麥子就被我磨完了。

等巨人來看的時候，麥子早已沒有了。他想數我到底磨了多少斗麥子。看看我臉上，那鬍子實在太多，他覺得不好數，就對我說：「進去吧，你這個小傢伙真厲害！」

於是我走出了磨坊，進快樂谷去了。

聽到這兒，南南忍不住開口說：「那個螞蟻真好！以後你的鬍子就這麼多了嗎？」鬍子伯伯點頭說：「就這麼多了。」

南南又問：「你那嘴怎麼樣了呢？你嘴不是給快樂膠膠住了嗎？」鬍子伯伯說：「是啊！我的嘴變小了，說起話來有些不大方便。」南南說：「可是你現在說得挺好了，是什麼道理呢？」鬍子伯伯笑著說：「你聽我講，這故事還沒有講完哩。」於是他又接著講下去。

下面就是鬍子伯伯故事的下半截。

我嘴變小了以後，就不能大聲亂喊亂叫了。我進快樂谷的時候，心裡想笑，但是因為嘴變小了的緣故，只能嘻嘻笑兩聲，就是不能哈哈大笑。

告訴你，我一進快樂谷就看見好幾百隻喜鵲在那兒飛。我聽見當中有一隻喜鵲喊我，看了半天才認出她是那隻老喜鵲。我聽她講才明白。原來她的小喜鵲已經長大，小喜鵲又生了小喜鵲，小喜鵲的小喜鵲現在也長大能飛了，現在他們大家一起飛到快樂谷來玩，怪不得看起來有這麼多的喜鵲。

那些喜鵲看見我就一起喊：「歡迎鬍子伯伯！」

從那時候起，別人就都叫我鬍子伯伯了。

他們歡迎我，我不能大聲回答他們，我只有「嗯——嗯——」地向他們點點頭。他們都笑了起來，學我，「嗯——嗯——」。

快樂谷裡頭好吃的東西真多極了，什麼牛奶糖、雞蛋糕、香蕉、桔子、蘋果，樣樣都有。玩兒的東西也多極了，什麼氫氣球、小火車、布娃娃、笛子、銅鼓、皮球……也是樣樣都有。我每樣都拿了好多，都裝在我這個大袍子裡面。東西太多太沉，把我的背都壓駝了。不過我現在不怎麼喜歡這些東西了。糖，我覺得太甜，我吃不了許多；玩具，我也不大想玩兒，因為我長了這麼多鬍子，沒有從前那麼歡喜玩兒。而且，這麼多東西我一個人也要不了，還把我壓得很難受。

怎麼辦呢？後來我就把那些糖果和點心送給小孩們吃去，把那些玩具送小孩們玩兒去。嘿嘿！他們得到了這些東西就高興，就呵呵呵地笑，我看他們高興我就覺得高興；我看他們笑，我就忘掉了一切，忍不住大聲笑起來。

這麼一下就好了。我大聲一笑，我的嘴不知不覺就張大了一點。於是以後我就到各處走，把這些東西送給各處的小孩。我時常同他們在一起笑，漸漸我的嘴就快還原了。再過不了多少時候，我的嘴就可以完全還原了，甚至比原先還要好。你懂不懂？這就是為什麼我現在又能大聲說話的道理。

現在我很高興，因為小孩們喜歡我，我也喜歡小孩們。我越想越高興，現在我又忍不住要笑了……

鬍子伯伯說到這兒就真的大笑了起來。

南南問：「現在你又笑了，你的嘴是不是又張大了一些？」

鬍子伯伯說：「大了好多，你看。」

南南看了老半天，也沒有看清楚他的嘴到底有多大。因為他的鬍子實在是太多，把他的嘴都遮得看不清楚了。南南就不想再看了。他相信鬍子伯伯的話，他相信那嘴是真的又張大了一些。

南南說：「鬍子伯伯，咱們玩兒什麼呢？」鬍子伯伯說：「你要玩兒什麼呢？」南南說：「我要看戲，看戲好不好？」

鬍子伯伯拍手說：「好極了，好極了！我的大袍裡頭裝有一座小戲院。等等，讓我把它拿出來。一會兒咱們就有戲看了。」南南喊：「好極了！快一點吧！」鬍子伯伯說：「不要性急，馬上就出來了。」

鬍子伯伯伸手到他的大袍裡，摸出了一個小紙匣子。他把紙匣子打開，從裡面取出一個房屋模型。那是一座小戲院。一座多漂亮的小戲院啊！紅的牆壁，無數的小燈，大門口貼著好多紅的綠的畫片，大門口還有石臺階，石柱子，和石欄杆。南南看著它，不由得嘴都張開了。

鬍子伯伯把小戲院放在一塊大石頭上，他就彎著腰對那戲院的大門吹氣。一會兒那戲院就漲大起來。鬍子伯伯繼續用力吹，那戲院就越漲越大。最後，那戲院就變成一座真的戲院了。戲院裡有音樂聲傳出來。鬍子伯伯說：「不早了，咱們進去吧！」

戲院門口有一個大鐘，鐺鐺鐺地敲了好幾下。南南也數不清那到底是幾下，就跟著鬍子伯伯走到裡面去。裡面真美呀，地板上還鋪著好厚的地毯。南南覺得腳底下很軟，就故意跳了幾下，因為有地毯，他跳得一點也不響。音樂真好聽，「丁丁冬，丁丁冬」直響。南南幾乎都想開口唱起來。不過他沒有真唱，他想在戲院裡唱歌只有演員才可以，他不是演員，就不可以了。

不知怎麼，蝙蝠和蛾子也來了。好像他們還是先來的。他們站在戲臺下面，一看見南南和鬍子伯伯，他們就笑了起來。蝙蝠很有禮貌地向南南和鬍子伯伯鞠躬，說：「你們來了？」

南南已經忘掉了剛才摔跤的事，回答說：「來了。」

蛾子喘著氣走過來對南南說：「來，來，你，你們的座位已經預備好了；在在那邊，請坐下吧！」

南南一看，原來戲院當中擺著兩把很高的椅子。南南和鬍子伯伯走到那椅子旁。那椅子有桌子那麼高，每把椅子上都貼著一張紙條。一張上面寫著，「給南南坐的」；另一張上面寫著，「給鬍子伯伯坐的」。果然是為南南和鬍子伯伯預備的。

南南說：「我爬不上去。」鬍子伯伯說：「我也爬不上去。咱們去借一架梯子來吧。」

「第於——第於——」突然戲臺上吹了幾聲哨子。有人喊：「開演了！」南南連忙回過頭去看。戲臺上朱紅色的絨幔子拉開了。臺上有四個紫色的圓燈吊在一起，像一串葡萄一樣，發出美麗的光輝來。南南的眼睛都有點發花了。戲臺後面「咚咚」地敲著鼓，一群穿著彩色的跳舞衣的女孩子跑了出來，向台下說：「歡迎南南上臺來演戲！」

南南大聲回答說：「我又不是演員。」

女孩子們說：「你是的，快上來吧！」

南南說：「真的嗎？好！等一等，我這就來！」

他就向著戲臺跑去。他聽見鬍子伯伯又呵呵地笑起來。女孩子們在臺上「啪啪啪」地拍起手來。蛾子和蝙蝠走過來，把南南抬起來送到了臺上。臺上馬上掛出了一張紙條：「今天的戲是《快樂谷》。」

南南看了看紙條，說：「快樂谷嗎？好極了。我來裝扮鬍子伯伯，蝙蝠來裝扮喜鵲，好不好？」大家都說：「好，好，好！」南南就喊：「蝙蝠！」蝙蝠不回答。原來蝙蝠一個人正在戲院裡亂飛。他一下高，一下低，飛得快極了。別人喊他，他好像沒有聽見一樣。

南南又喊：「蝙蝠！你來不來呀？」蝙蝠正從他頭頂上飛過去，說：「嗯？」他還是不停下來。一會兒他撞著了天花板，「丁冬」一響。南南生氣了，說：「不要你演了，讓你去撞吧！」蝙蝠好像胡鬧得很高興，飛得更加起勁了。

鬍子伯伯不知怎麼坐上了那把高高的椅子。他踢著兩腿，大聲喊：「快——快——開——演！」

南南說：「好，來了，來了！」

一個梳雙辮子的女孩子說：「南南沒有鬍子，不像鬍子伯伯，怎麼辦？」蛾子在台下說：「有辦法！去找一支筆來，我來給他畫鬍子吧。」南南聽了很不願意，說：「畫鬍子，我就不來了，把臉畫髒了怎麼辦？」梳雙辮子的女孩說：「好，不畫了，不畫了，不要生氣。」

一會，那群女孩子拉起手來，連成了一個圓圈，把南南圍在當中。她們環繞著南南舞蹈起來，嘴裡唱：

南南沒有鬍子，
南南是一頭驢子。

鬍子伯伯在椅子上大笑起來，使勁踢著兩腿，喊著說：「我的嘴又張開了一點，我的嘴又張開了一點！我真快活，我真快活！」

南南沒有鬍子，
南南是一頭驢子。

大家正唱得高興的時候，南南忽然看見玻璃窗外面有好幾雙綠眼睛在向裡看，他想：狼又來了。就對外面說：「狼！是不是你們又來了？」果然，是狼又來了。他們在窗外回答說：「對啦，是我們又來了。我們肚子餓了，我們要吃驢子。」

南南就喊鬍子伯伯：「鬍子伯伯，狼又來了，在窗子外面。他們還說要吃驢子。」

鬍子伯伯就對狼說：「你們這些壞傢伙，不許在這兒吵，快回洞裡睡覺去吧！不然，我就要用手杖敲你們的腦袋！」

狼在窗外說：「您別敲，我們這就走。」

一會，南南又看見玻璃窗外面有幾對眼睛在往裡看，他又喊鬍子伯伯：「狼還沒有走！」鬍子伯伯很生氣，就對外面喊：「你們這些狼，幹麼不聽我的話！」

外面有聲音回答：「我們不是狼，我們是小毛驢、小馬和小羊。我們要看戲。還有，我們肚子餓得叫起來了。」

鬍子伯伯說：「是小毛驢、小馬和小羊嗎？好，給你們一個一塊糖吃吧。」

於是他從大袍裡掏出一大把糖來，有牛奶糖、花生糖、桔子糖、巧克力、芝麻糖……各種各樣好吃的糖。他喊：「接著！」小毛驢他們把窗子推開，伸進手來。鬍子伯伯把糖丟在他們手裡，他們就把手縮回去了。過一會，小羊又伸進手來，說：「還要吃。」鬍子伯伯說：「吃多了糖，牙齒會疼的。再給你們一個一塊，以後再不許要了。」於是他又扔了一把糖到他們手裡，他們就把手縮回去了。

鬍子伯伯向臺上說：「大家都吃糖吧！」他抓出好多把糖向臺上撒去。臺上的演員都停止了演戲，彎著腰撿糖吃。南南也吃了好幾塊胡桃仁糖。吃完了以後，他們接著又跳舞，唱歌。這次南南也跟大家唱了。

孩子們唱：

南南沒有鬍子，

南南是一頭驢子。

南南卻這樣唱：

南南沒有鬍子，

南南不是一頭驢子。

這時候，小毛驢他們都跑進戲院來了，喊：「唱得好，唱得好，大聲一點唱！」

鬍子伯伯說：「不要唱了，我們來吹喇叭吧，吹喇叭真有意思。」

接著他就跑到臺上來了。南南和女孩們都拍手歡迎他。他說：「大家都來吹，咱們每一個人都可以有一支喇叭。」他從大袍裡取出了好多喇叭，都是五彩的，上面畫著許多古古怪怪的花紋。每個人都拿了一支喇叭。南南也拿了一支喇叭，不過他沒有拿到嘴邊去吹。他想：這聲音一定很大，會把耳朵震聾的。

鬍子伯伯說：「看著，我吹喇叭了。」他就把喇叭舉到嘴邊去吹。他的臉鼓得很大，鬍子都一根根豎起來了。吹了好久，可是一點聲音也沒有吹出來，大家都笑了。鬍子伯伯說：「別笑，別笑！」他又用力一吹，「布！」一個橙黃色的氫氣球從喇叭裡飛出來。大家都拍起手來，叫：「好，好，好！」

於是大家都舉起喇叭來吹。「布，布，布！」無數氫氣球從喇叭裡飛出來。大的、小的、長的、圓的，各種各樣顏色的氫氣球飛滿了戲院。鬍子伯伯又從大袍裡抓出好幾把糖來分給大家吃。

大家就這樣吃啦，玩啦，說不出的快活，也不知道過了多少時候。後來，蛾子突然叫：「有幾顆星星墜下去了，天快亮了，我困了。」南南抬頭一看，戲院的屋頂原來是玻璃做的，他一眼就看見了上面掛滿了星星的天空，而且正趕著有兩顆星星往下掉，也給他看見了。他想：是不早了。就打了個呵欠。

大家還在笑，還在鬧，不知道怎麼南南就閉上了眼睛。後來，鬍子伯伯就把南南抱在懷裡，輕輕地搖他。鬍子伯伯說：「南南好乖，南南困了，南南的眼睛睜不開了。」搖，搖，搖，後來，南南就睡著了。

不知道什麼時候，鬍子伯伯把南南送回了家。南南醒過來的時候，看見他自己好好地睡在小床上，窗子也關得好好的，鬍子伯伯已經走了。南南想：鬍子伯伯現在大概是到別的地方跟別的小孩玩兒去了，過幾天他還要來跟我玩兒的。對的，我們也是這麼想。

丁丁的一次奇怪旅行

我認識一個叫丁丁的小姑娘。她的臉很圓，她的眼睛很亮，她的心腸很好。她是二年級的學生，功課常常得五分。她什麼都不錯，可是就有一點，膽小；跟著就還有一點，好哭。比方：天一黑，她一個人就不敢到院裡去。老師說過沒有鬼，她也知道院裡不會有老虎和狼，可是說不上為什麼，她就是害怕，不敢去。有一次，學校裡給同學們打防疫針，她老早就在心裡對自己說：一定不害怕，一定不害怕。可是呀，當護士從煮著的針盒裡取出一個長長的針頭的時候，她就害怕起來了。她瞪著眼睛，看護士裝好了注射液，接著就用沾了酒精的棉花在她胳膊上擦，接著那發亮的針尖就對準了她的胳膊，她突然「哎呀」了一聲，就一個勁兒哭起來了。哭什麼呢？她自己也不知道。

丁丁很不願意自己膽小，也怕別人笑她好哭，但是怎麼辦呢？誰來給她出點主意呢？她媽媽只說，「別哭，別哭！那麼老哭，會把眼睛哭瞎的。」她的爸爸要不就是不作聲，要不就是生氣地說：「我就不歡喜膽小的孩子。」我呢，雖然是她的好朋友，很想幫助她，可也想不出辦法來教她怎樣變得膽大。後來呀，倒是丁丁自己改變了。這簡直不能叫人相信。她說：有一次她和一隻螞蟻一起出去旅行，看見了許多奇奇怪怪的事情，得到了好多好多朋友的幫助，後來她就變得不那麼膽小了。那隻螞蟻的名字叫做紅眉毛，待丁丁可好哩！我很喜歡那個故事，就問她：「是真的嗎？」她很狡猾地看了我一眼，笑了笑說：「誰還騙你，當然是真的呀！」

現在，我們就來聽丁丁講她自己的這次奇怪旅行吧，事情是這樣的。

有一天吃過晌午飯，丁丁去上學，在一條小胡同裡遇見了一隻狗。那是一隻黑叭兒狗，坐在一家門口，斜著眼睛看她。她怕狗咬，就慢慢地貼著牆根走，想趁狗不注意一下就溜過去。可是，這隻小黑狗很壞，他知道丁丁害怕，就汪汪汪地對著丁丁叫起來。丁丁嚇得往回就跑。狗更加得意，站起身來就追。要不是這時候有一個郵局的投遞員騎著自行車衝過來，把狗趕回去了，說不定丁丁的腳後跟，真要被他咬上一口哩。

丁丁再也不敢打這條胡同走了，只好回家。到家，媽媽和爸爸都上班去了。她一個人待在院裡，很難受。她想：為什麼我老這麼膽小呢？為什麼呢？

她靠著一棵海棠坐了下來。太陽很溫暖。藍色的天空裡浮著幾片海潮一樣的雲。樹枝輕輕地搖擺。院子裡一點聲音也沒有，沒有人回答丁丁的問題。

這時候，有一隻螞蟻沿著海棠樹幹，急急忙忙地往上爬，好像在找什麼東西似的，爬幾步就站住看看，看一會又往上爬。丁丁想：他要幹什麼呀？

奇怪的事情就發生了。螞蟻抬起腦袋來，對丁丁點了點頭，而且對丁丁說話了。真像故事書裡寫的那樣，不過聲音很小。丁丁聽了一會聽不清楚，就大聲對螞蟻說：「喂！你說什麼呀？你嗓門兒太小了，我聽不清！」

「咳咳咳！」螞蟻清了一下嗓子說，「對，最近，我嗓子是有點不太好。我叫紅眉毛。我說呀，你在幹什麼？為什麼不上學去？你爸爸、你媽媽知道了又該說你了。」

丁丁聽了，有些不好意思，就說：「我可不是蹺課，那個黑狗他不讓我過去，那我……」

螞蟻說：「你幹麼要怕那黑狗呀！他根本是一個膽小鬼。你別聽他『汪、汪、汪』叫，他心裡可害怕哩。你不理他，他就會夾起尾巴跑掉的。」

「是嗎？我更害怕哩，我比他還要膽小，我的膽大概只有鯉魚膽那麼大，你看見過鯉魚膽嗎？」

紅眉毛搔搔腦袋說：「還沒有。我想鯉魚膽一定很好看。」

丁丁說：「藍藍的，可好看哩！下次我媽媽買了鯉魚，我就請你來看。你說，怎麼才能把膽子變大一些呢？」

紅眉毛想了一會，說：「這個我可不知道，我沒有那麼大的學問。我連一年級都還沒上過哩。咱們去問『什麼都能知道』老師去，他什麼都懂。他會告訴你的。」

「真的嗎？他愛不愛發脾氣？他要知道了我今天沒上學，會不會說我？」

「你別害怕，他待小孩可好哩，他就喜歡和小孩一塊兒玩。他本事大著哩，會翻跟頭，會在樹上打秋千，還會講故事，還……」

丁丁很高興，拍起手來：「那我要去，我要去找他！要是我的膽子變大了，就什麼也不怕了。」

紅眉毛說，就是有一條，丁丁要戴上一頂螞蟻的帽子，才能跟他一起去。丁丁說：「當然可以呀。」紅眉毛不知道從什麼地方一下拿出來一頂很小很小的帽子，只有小米粒兒那麼大。丁丁愣住了，說：「這麼小，叫我怎麼戴？」

「行，包你戴得下。」

果然，紅眉毛沒有騙人。丁丁把那頂很小很小的帽子接過來往頭上一放，嘿，真有意思！馬上她的個子就一點點縮小起來；越縮越小，一直小到和一個螞蟻一樣大才不縮了。當然，這時候，紅眉毛給她的帽子就能很合適地戴在她頭上了。

現在，丁丁自己變小了，她看到的東西就好像都變大了。比方說，丁丁面前的那棵海棠，看起來就象煉鋼廠的煙囪，她坐的那塊石頭就變成了一座小石山，小草就像一棵棵大樹，沙粒就像一塊塊圓石頭。丁丁真高興。新鮮玩意兒多極了，可惜現在時間不夠，不能讓她慢慢地看了這個，又看那個，她就催紅眉毛，馬上帶她找「什麼都能知道」老師去。

他們正在往前走，紅眉毛忽然想起了一件事，著急地叫了一聲：「哎呀！忘記了，我還沒有請假。」

丁丁記起了螞蟻當中有蟻王，就問他：「是不是向蟻王請假？」

紅眉毛點頭說：「對！你記性真好，沒有忘了咱們的蟻王，我就是向他請假；要不呀，他就要說我了。」

丁丁就跟著紅眉毛到了螞蟻的洞口。這是一個圓圓的洞口，很乾淨，很整齊，有十幾個大個子衛兵站在門口。他們看見了丁丁，大聲問：「幹什麼的？」

丁丁嚇了一跳，正想回頭跑，紅眉毛連忙走上前，說：「她是丁丁。她有一個藍色的鯉魚膽，好看極了！」

「真的嗎？那麼，她一定不會欺負小鳥，小魚，和螞蟻的，讓她進去。」衛兵們就閃開道，讓他們進去了。

真是想不到，洞裡非常亮，好像點著燈一樣。

他們走過了一條光光滑滑的大胡同，又走過了幾條小胡同。胡同兩旁都是一排排的房間。螞蟻們都在忙著做工，有的背著糧食進來，有的拖著髒東西出去，有的在修胡同，有的在給小螞蟻餵飯，有的在帶小螞蟻做遊戲。

他們正在往裡面走的時候，忽然聽見一個很大的聲音：「有一件臨時工作！一件臨時工作！」

原來他是螞蟻隊長，他拿著一個大喇叭，不斷地叫喊。許多正在休息的螞蟻就連忙站了起來。丁丁同紅眉毛也跑過去，擠在大夥一起。螞蟻隊長對大家說：「『氣象臺』有報告，說天氣不好，待會兒可能下雨。二百二十號胡同離地面太近了，下起雨來有危險。那裡的糧食要趕快搬到三百零八號胡同去。現在要五十個工人去搬運，有誰報名？」

很多螞蟻都舉起了手，喊：「我報名！」「我去！」

紅眉毛和丁丁都忘了請假的事，兩人往前面一擠，一齊舉起手：「我們也報名！」

隊長看著丁丁點了點頭，說：「好吧！」於是，一、二、三、四、五、六……點了五十名，丁丁同紅眉毛都在裡面。隊長帶著大夥往二百二十號胡同跑去。

二百二十號胡同是一個糧食倉庫，裡面的柱子是火柴杆兒，地上堆滿了草籽兒、乾飯粒兒、小米粒兒、高粱粒兒，上面都用枯草葉做成的席子蓋著。這每一粒糧食過去在丁丁眼裡是算不了什麼的，可是，現在，自從丁丁戴上螞蟻的帽子，變成和螞蟻一般大小以後，就不同了。

這些糧食每一粒就像一個大南瓜那樣大，那樣沉，可得費一番力氣，才能拿動哩。

五十個工人排成了一行，按照隊長的指揮，一個跟一個去背糧食。丁丁跟在紅眉毛後面，一步一步往前挪動。

前面背上糧食的螞蟻，又一個一個往前走。他們一面工作，一面唱歌。他們唱的是一個非常古怪但又非常好聽的歌，他們的歌聲把螞蟻洞都震動了。丁丁忍不住也跟著他們一起唱起來。

他們唱：

搬了一個又一個，
哎嗨喲！
你背我扛他來馱，
哎嗨喲！
不怕困難膽兒就會大得多，
哎嗨喲！

紅眉毛輕輕拍了丁丁一下，叫她注意，現在輪到他們背了。紅眉毛說：「丁丁，咱倆比賽，好不好？」

丁丁說：「好！」

紅眉毛走上前，很快就背上了半瓣黃豆。丁丁打算背一粒高粱粒兒，但是她不會背，背了好幾次，高粱粒兒都滾到地上。紅眉毛回轉身來，把黃豆放下，幫丁丁把高粱粒兒背好，然後才又背上黃豆。兩人跟著前面的隊伍往三百零八號胡同走去。丁丁跟著大夥一起往下唱：

會勞動才是好孩子，
哎嗨喲！
快快樂樂來幹活，
哎嗨喲！

丁丁跟著大夥搬了一趟又一趟。後來，她累了，有些喘氣。好多螞蟻就過來勸她休息一會兒。有的還拉著她的手，說她一定是才生出來不幾天的小螞蟻，別一下幹得太多，累壞了。

丁丁有些不服氣，連忙解釋：「誰說的！我都快九歲了，我生下來都有好幾百個幾天了。你們學過乘法沒有？九乘三百六十五是多少？我不是小螞蟻。我不小，一點兒也不小！」

紅眉毛說：「對的，丁丁行，一會兒她就不會喘氣了。」

果然，丁丁慢慢就不喘氣了，力氣也變大了。她就一直跟大夥一起，唱呀，笑呀，搬得很起勁。

大夥在一起，搬得真快，沒多大會工夫，二百二十號胡同的糧食通通搬到三百零八號胡同去了。

後來紅眉毛就和丁丁去向蟻王請假。

蟻王聽了他們的話，點點頭說：「你們去找那個長著白眉毛、白鬍子的小老頭嗎？很好，很好！他真是一個聰明人，你們去吧。不過他有些淘氣，他歡喜到處亂跑，有時候他坐在樹頂上，有時候他睡在草葉上。」

丁丁說：「他這麼淘氣，怎樣才能找到他呢？」

蟻王說：「別著急呀！聽我說。剛才有偵察員告訴我，那個小老頭兒在第九號洞門外面的一個蝸牛殼裡睡覺，你們快去找，一定能找著！」

紅眉毛說：「那地方我知道，我知道！丁丁，咱們快走吧。」

紅眉毛拉著丁丁就跑。他們跑過了許多彎彎拐拐的胡同，最後到了一個四四方方的洞門口，這就是第九號洞門。從這裡出去，他們就又回到了地面上。

他們走了沒有多久，就在一座長滿青草的林子裡，看到一個灰白色的巨大蝸牛殼。丁丁高興極了，跑過去就對著蝸牛殼說：「請你快回答，快回答！『什麼都能知道』老師，我們有一個問題……」

蝸牛殼裡有一個低低的發沙的聲音說道：「誰呀？誰在這裡亂喊亂叫，把我瞌睡都吵沒了。」

丁丁有些不好意思了，就低聲說：「老師，對不起！我們不知道你在睡覺。請你說，怎麼才能夠把我的膽子變得大一些？」

那個發沙的聲音說：「把你的膽子變大一些嗎？」接著他就呵呵哈哈大笑起來。這一下把丁丁弄得莫名其妙了，這是怎麼回事呀？一會兒，一個蝸牛慢慢地把腦袋從殼子裡伸出來，對丁丁做了一個鬼臉，搖搖腦袋說：「真有趣，真有趣！我還不知道怎樣才能把我自己的膽子變大一些呢，你真能想，真會問！去吧，小傻瓜！」說著他又把腦袋縮到殼子裡去了。

原來這只是一個蝸牛，並不是「什麼都能知道」老師。

丁丁幾乎又要哭起來，紅眉毛安慰她說：「不要理這個老糊塗蟲。走吧，咱們再去找。咱們的偵察員看見了他，那就準能找著他。」

丁丁把眼淚忍住了，跟著紅眉毛又往前面走。東一拐，西一拐，後來他們來到了一塊青石頭旁邊。他們忽然聽見一種奇怪的聲音，在石頭後面，「呼——呼——」，像一種什麼野獸在叫。丁丁的心直跳，但是她沒有亂跑。紅眉毛仔細聽了一會，說：「不要緊，這是打鼾的聲音，也許『什麼都能知道』老師就在這裡。」

他們輕輕繞到青石頭背後，一眼就看見了一個很大的黃色蝸牛殼。這一次，丁丁就不忙著亂喊叫了。她輕輕走到蝸牛殼跟前，一看，鼾聲正是從裡面發出來的。裡面躺著一個小老人，鬍子是白的，眉毛也是白的，閉著眼睛，睡得好舒服。這不正是那個「什麼都能知道」老師嗎？丁丁高興地喊：「老師，老師！對不起，請你醒一醒！」

小老人翻了一個身就坐起來了，一邊打呵欠一邊問：「哎呀，哎呀！小姑娘，小朋友，小同學，你叫喊什麼？為什麼你不在自己家裡待著，要跑到外面來胡鬧？」

丁丁對他行了一個禮，說：「我不是胡鬧。我有一個問題要問你，你說，我的膽子怎樣才會變大一些？我的膽子太小了。」

紅眉毛說：「最好你能給她換一個大一些的。」

小老人搓搓手，仔細看看丁丁說：「呀哈！真的嗎？讓我來！讓我來！我可以好好研究研究。」

小老人慢吞吞地從蝸牛殼裡拿出了一個長長的聽筒，按在丁丁胸前聽了又聽。一會兒，他又拿出一個黑色的鐵管子，對著丁丁的胸口，看了又看，然後摸摸鬍子說：「哦！明白了，明白了！你的膽兒的確是小，真正是小。你的膽兒比老虎比獅子的都要小。不過，比起耗子，比起青蛙，比起鯉魚來，就還不能算小。而且，簡直還應該說，要大得多。那麼就應該這麼說，完完全全和別的男孩子、女孩子的膽兒一樣大，不比他們的大，也不比他們的小。就是這麼一回事。」

丁丁聽了，覺得很失望：「我的膽子不算小嗎？」

小老人拿出手絹來擦了一陣汗，說：「可不！和我小時候比，你的膽子一點也不算小。」

「那麼，為什麼我老是害怕呢？我爸爸老說我膽小，那是為什麼呢？」

小老人想了一想，說：「哎呀，哎呀！這個我不知道，不，我不回答。不許再問了！」

紅眉毛喊叫起來：「你不是什麼都能知道的嗎？為什麼回答不出來呢？」

小老人嘆了一口氣，說：「你看你這個小朋友多麻煩！如果我什麼都能夠知道，哎呀！那才叫好哩。可是，你們弄錯了，完完全全誤會了。『什麼都能知道』，他是我的弟弟，我是他的大哥。我叫做『知道得很少』。我們弟兄們的模樣長得差不多。」

丁丁也嘆了一口氣：「你不是『什麼都能知道』嗎？我們弄錯了。對不起！『知道得很少』老師，請你告訴我們，你的弟弟在什麼地方，我們要去找他。」

「我弟弟在哪裡，這一點我也和你們一樣，不知道。你們只有去問北方的老楊樹。他的辦法多。因為他有很長的根，伸到了很遠的地方，能聽到很多很多的消息。」

丁丁向小老人「知道得很少」說了聲謝謝，就和紅眉毛動身往北方去。緊走慢走，走了也不知道有多遠，後來，他們在大曠野裡看見了一棵粗粗的老楊樹。

丁丁想對老楊樹說話，但是老楊樹的耳朵不太好，她的聲音太小，又站得太低，老楊樹聽不見。紅眉毛就爬到老楊樹枝上，湊著他的耳朵，問他「什麼都能知道」老師到底在什麼地方。

老楊樹說：「好吧，我給你們打聽打聽。我耳朵不行了，可是我的根卻可以聽得很遠。」

老楊樹閉著眼睛聽了一會，然後告訴他們：「對了，對了！我的根聽見地下的流水說，『什麼都能知道』老師到了北方，到了一條叫寬寬的河的河邊，他過河去了。」

丁丁和紅眉毛說了聲謝謝，就繼續往北走。

走呀走，又不知道走了多少時候，後來他們就到了一條寬寬的河的旁邊。但是他們怎樣才能渡過河去呢？河邊沒有橋，又沒有船，河水又深得看不見底。

丁丁很發愁：「怎麼辦呢？怎麼辦呢？沒有橋，又沒有船，咱們怎樣過河去呢？」

紅眉毛說：「不要緊，總會有辦法的。咱們先歇一會，慢慢來想辦法吧。」

他們就都坐在河邊一根枯樹枝上，低下頭來想辦法。想什麼呢？這時候他們腦袋裡是空空的，一點辦法也沒有。他們坐著，聽著河水流動的響聲。忽然，河水輕輕地唱起歌來，那是一首很好聽的歌：

我的脾氣很壞又很老實，
我不喜歡壞蛋，我討厭皇帝，
他們來求我，我一概都不理，
不論他們有多大本領同勢力，
我一定要把他們一個個沉到水底。
只有勤勞的人們懂得我的性子，
他們為我用了一番力氣，
我就服服帖帖替他們做事，
給他們推磨，發電，
還運走他們的船隻。

我從天上來，
天上掉下了無數雨滴。
我是山中的小溪流，
花上的露珠，

也是孩子們的眼淚。
我知道很多稀奇古怪的故事，
也懂得孩子們耍的鬼把戲。
如果有哪個小孩過不了河，
在河邊只是嘆氣，
我可憐這些小東西，
就要用一片樹葉，
把他們送過河去，送過河去。

丁丁小聲對紅眉毛說：「聽見了沒有？河水的心腸可好咧，他說如果有小孩過不了河，他就要用樹葉把他們運過去。」

紅眉毛說：「用樹葉來做船，對，好辦法！咱們馬上動手吧。」

於是，他們在河邊找到兩片樹葉，一片做船身，一片做船帆。另外還找到一根小樹枝做舵。一會工夫一隻小船就做成功了。他們把小船推到河裡，然後坐上去，支起了帆，船就很順利地開動起來。他們兩個就好像兩個熟練的水手，把著樹葉做的帆，利用風的力量，把船開得很快。
一條狗魚在離樹葉不遠的地方游，看起來就像一條大鯨一樣，狗魚好奇地跟著他們，觀察他們，樹葉被狗魚的浪弄得搖動起來。丁丁怕狗魚咬，往旁邊躲。船一偏，紅眉毛掉到水裡去了。
丁丁想：這可糟了！說什麼也不能讓這個好朋友淹死！她也不管自己會不會游水，「撲通」一下就跳下水去了。到了水裡，雖然她拼命地游泳，可是一點用也沒有。她老是往下沉。
紅眉毛一邊游，一邊對丁丁喊：「快抓住樹葉邊，快！」
這時候，一隻蜻蜓好像一隻直升飛機一樣，突然由天上衝下來。丁丁連忙喊：「快快快，別讓紅眉毛淹死了！」
蜻蜓很沉著地飛過去，說：「別怕，勇敢一點，沉不了的，來，抓住我的腿！」
蜻蜓先讓丁丁抓住他的腿，接著又飛到紅眉毛身邊，讓紅眉毛也抓住他的腿，很快就把他們送到了樹葉上。一直等到丁丁和紅眉毛重新支好帆前進，蜻蜓還圍繞他們飛了一圈才離開。
當丁丁和紅眉毛把船安穩地開到對岸的時候，突然不知道什麼地方有一個聲音喊：「你們是誰，幹什麼的？」

丁丁看了看，沒看見一個人影兒，只有回答：「我是丁丁，他是紅眉毛。」

紅眉毛補充一句：「有一個『知道得很少』老師告訴我們，叫我們來的。」

「哦哦！是我哥哥要你們來的，很好，很好！」

突然從一棵樹上跳下來一個小老人，他臉上也有著一對白眉毛，一嘴白鬍子，和「知道得很少」幾乎長得一模一樣。

丁丁很高興，想：這一下可找到了「什麼都能知道」老師了。她馬上問：「老師，請你告訴我，既然我的膽子和別的小孩一樣大，而且比耗子，比青蛙，比鯉魚的膽子還要大一些；那麼，為什麼我還老是害怕？」

小老人看了看她，說：「我知道，我知道，那是因為你膽子裡裝的『勇氣』還不夠多的緣故。」

丁丁聽不懂，就問：「『勇氣』？那是一種什麼東西？我還沒有看見過『勇氣』哩。」

小老人皺著眉頭說：「一種什麼東西？那可複雜呢，你是小孩兒，對你說也說不清楚，『勇氣』大概是一種氣體吧。」

丁丁好像聽懂了，問：「是不是像我爸爸抽煙的時候，鼻孔裡出來的那股煙子？」

「不是，不是！」

「是不是像鍋裡的汽，開水壺裡的汽？」

「胡說，不是！勇氣是看不見的。」

紅眉毛搶著說：「對啦！我知道，勇氣像空氣。」

小老人生氣了：「也不是，也不是！你們小孩就喜歡亂發問。是這麼回事兒，『勇氣』有點像『發脾氣』的『氣』，也有點像『生氣』的『氣』，明白了吧？」

丁丁說：「這種氣我可沒有看見過。」

小老人更加生氣了：「跟你們這些小東西就是說不清楚，『勇氣』是一種很了不起的東西，要我說出來可得費把勁兒。至於，怎樣才能得到它，那就更得費把勁兒，我不說了，我不說了！那個、那個……最好你們還是問我弟弟去吧。」

紅眉毛說：「那麼，你又不是那個『什麼都能知道』？」

小老人笑了：「你們弄錯了，我是『知道得很少』的弟弟，是『什麼都能知道』的哥哥。咱們弟兄三個長得差不多，不認識咱們的人第一次總會弄錯的。我叫做

『什麼都知道一點兒卻不算多』。」

紅眉毛和丁丁一起嘆了口氣。丁丁說：「你的名字太長了，簡直比你的鬍子還長，要我用三天工夫來記也記不住。還是請你快一些告訴我，你的弟弟在什麼地方，怎樣去找他吧？」

小老人搖搖頭，吐吐舌頭：「這一點我也跟你們一樣。也許你們去問一隻老山羊，他還可能告訴你們一些辦法的。」

丁丁和紅眉毛只有再往前面走。走呀，走呀，後來他們真的遇見了一隻老山羊。他的個子真大，一個人在那裡不聲不響地吃草。丁丁很有禮貌地向他請教，打聽「什麼都能知道」老師在哪兒。

老山羊用懷疑的眼光看看她，嘴裡還在慢慢地嚼草。丁丁一連問了他幾遍，他都不作聲。

紅眉毛發火了，對老山羊說：「你這個老糊塗蟲，為什麼你不理人？再這樣對待我們，我就要不客氣了！」

老山羊斜著眼睛看了紅眉毛一眼：「呀哈，你這個小糊塗蟲！要打架麼？有本領你就來試試看。我偏不告訴你，就是不告訴你！我只告訴那個小姑娘。」他走到丁丁面前，對丁丁說：「小姑娘，你還虛心。我願意告訴你。你到前面高高的山上去打聽，就可以打聽到他的消息了。」

於是，丁丁和紅眉毛又繼續往前走。走呀，走呀，後來他們走到了一座叫「高高的山」的山腳下。他們一看，這座山實在是太高了；要是只用兩條腿，誰也不用想爬上去的。這非得想一個很好的辦法不可。

有什麼辦法呢？辦法就在這裡。他們看見了一隻馬蜂。馬蜂在一堆落葉上懶洋洋地打瞌睡，有時他偶然還嗡嗡拍一陣翅膀，好像這樣做可以提提精神似的。

紅眉毛小聲在丁丁耳朵邊講了幾句話，他們兩個就分開來，一邊一個，從樹葉底下爬過去。慢慢地，慢慢地他們就爬到了馬蜂旁邊，但是馬蜂還在發呆，沒有注意他們。

紅眉毛叫了一聲，就和丁丁就突然跳起來。丁丁抓住了馬蜂的一隻翅膀，紅眉毛抓住了馬蜂的一條後腿。馬蜂嚇了一跳，正準備飛起來的時候，丁丁和紅眉毛已經爬到他背上了。

馬蜂不知道發生了什麼事，拼命地往上亂飛。紅眉毛就抓著他腦袋，指揮他朝著山頂飛。丁丁用力抓住了馬蜂背上的茸毛，才沒有掉下去。

飛呀飛，也不知道飛了多少時間，後來馬蜂飛不動了，就找一個地方落下來。丁丁一看，正好是在山頂上，她就和紅眉毛從馬蜂背上跳下來。馬蜂還沒鬧明白是怎麼回事，也不敢再休息，就慌慌張張地飛走了。山頂上可什麼也沒有看見。丁丁和紅眉毛就一起大聲喊叫起來：「喂！『什麼都能知道』老師在哪裡？」

山對面有一個聲音回答他們：「……在哪裡？」

他們又喊：「『什麼都能知道』老師在什麼地方？」

山對面的那個聲音也跟著他們喊：「……在什麼地方？」

原來那是回聲。除了回聲以外，就沒有人回答他們了。

他們背後有一棵蒲公英。蒲公英看他們叫喊得很可憐，就對他們說：「我知道他在什麼地方，他在山谷對面。我的兒子們可以幫助你們過到那邊去。不過有一點，就是我的兒子們要確實知道了風是往那邊去，他們才能帶你們走。」

丁丁說：「謝謝你，只要我們能找到他，我們可以等，一直等到風願意往那邊去的時候再走。」

夜晚來了，丁丁和紅眉毛躲在松樹下的一個小土洞裡面。他們想偷偷聽風怎麼說。

夜深的時候，松樹頂上突然發出了響聲，風來了。丁丁從土洞裡把腦袋伸出去，看見松樹頂上有三個穿著乳白色大袍的巨人在跳舞，他們同時還低聲歌唱：

到北方去，到北方去！
吹著喇叭去，吹著笛子去！
帶著雲彩去，帶著雨水去！
帶著麥子，帶著紅花綠葉去！
帶著溫暖，帶著歌聲去！
帶著快樂，帶著勇氣去！
快去，快去，快去，快去！

紅眉毛悄悄推了丁丁一下，說：「聽見沒有？風準備到北方去，明天蒲公英子就可以走了。」

到了第二天早上，幾十個蒲公英子就離開他們的母親，一個個都張開了毛做的小傘，手把手做成一個圓圈，把丁丁和紅眉毛帶著，借著風的力量，一下子飛上了天空。

蒲公英子高高興興地唱起來：

我們生來就不怕風暴，
風越是發狂，我們飛得越高。
我們要走得遠遠的，
到處開遍金黃的花朵，
讓那些工作累了的人們，
看見了就忘掉疲勞；
風呀，吹啊！
你使勁喊啊，大聲音叫。
我們生來就喜愛風暴，
你越是唱得響亮，我們飛得越高！

丁丁覺得很快樂，忍不住高聲笑起來。她也想唱，可是不知道唱什麼歌好。

就這樣飛呀飛，也不知飛了多少時間，後來他們就降落下來了。

原來很多人都已經來了。不知道為什麼，老山羊、螞蟻王、螞蟻隊長、蝸牛、老楊樹、蜻蜓、馬蜂、蒲公英都來到了這兒。丁丁想：這是幹什麼呀？好像在過節，又好像在開什麼慶祝大會，大家就是跳呀，唱呀，扭秧歌舞呀，拼命地鬧。丁丁從人們當中看見了一個非常快活的小老人，他臉上長著一對白眉毛，一嘴白鬍子，老愛朝著丁丁笑。丁丁正在心裡想這個小老人是不是「什麼都能知道」老師的時候，這個小老人拍拍手，對大家說：「我來介紹我自己。我就是那個『什麼都能知道』老師。現在我要歡迎一個勇敢的女孩子，她的名字叫做丁丁。」

丁丁連忙說：「不對，不對！一個勇敢的女孩子，那可不是我，我還沒有『勇氣』哩！」

大家叫：「就是你！」

紅眉毛說：「我認得她，她叫丁丁。」

小老人笑著唱：

就是你，就是你！

你已經改變，
你和大夥在一起，
就有了勇氣。

丁丁說：「我不相信，『勇氣』是什麼樣子呢？怎麼有了『勇氣』我自己還不知道呢？」

小老人唱：

勇氣是一種看不見的東西。

紅眉毛馬上插嘴：

我可知道，
它不像鍋蓋上的水汽，
也不像煙囪裡的煙子。

小老人點點頭：

它也不像空氣。
每個人都能夠有，
紅眉毛分了一點給你，
蜻蜓分了一點給你，
另外還有……
丁丁接著就說：「哦，我明白了！另外還有老楊樹，老山羊，還有河水和風，還有你的兩個哥哥，他們的名字和你的名字一樣古怪，另外還有蒲公英和她的兒子，他們都幫助過我。」
小老人唱：

對，這就是他們最寶貴的贈禮。

紅眉毛，老楊樹，老山羊，蒲公英，大夥都不同意「什麼都能知道」老師的話：「你的話可不好懂，咱們自己都不知道誰給丁丁送了一點『勇氣』，哪有這麼一回事！」

小老人說：「因為那是一件看不見的東西。」

丁丁想了一想，說：「雖然看不見，可是我覺得真有那麼一回事。和大夥在一塊兒，我就不害怕，一定有道理。」

小老人點點頭，接著又唱：

得來的勇氣像一粒種子，
要保護它，培養它……

丁丁對紅眉毛說：「我以後一定不怕黑狗，一定不好哭了。」

紅眉毛說：「當然，你一定會變得更加勇敢的。」

小老人接著唱下去：

讓勇氣越長越大，
將來好再分給人家。

大家都叫：「對，對，對呀！」

講到這裡，丁丁就不往下講了，她也不說講完了沒有。我問她：「後來呢？」她笑著說：「後來我就不那麼怕狗了。遇見狗我也不亂跑，因為我一想到紅眉毛他們，一想到和他們在一起的時候，我就覺得我應該做一個勇敢的孩子，你說對不對？」我說：「對！我同意紅眉毛的意見，你一定會變得更加勇敢的。」

我想，應該把丁丁這次奇怪的旅行講給旁的孩子們聽聽，我就照她講的寫了這麼一個故事。

小溪流的歌

小溪流有一個歌，是永遠唱不完的。

一條快活的小溪流哼哼唱唱，不分日夜地向前奔流。山谷裡總是不斷響著他歌唱的回聲。太陽出來了，太陽向著他微笑。月亮出來了，月亮也向著他微笑。在他清亮的眼睛裡，世界上所有的東西都像他自己一樣新鮮，快樂。他不斷向他所遇到的東西打招呼，對他們說：「你好，你好！」

小溪流一邊奔流，一邊玩耍。他一會兒拍拍岸邊五顏六色的石卵，一會兒摸摸沙地上才伸出腦袋來的小草。他一會兒讓那些漂浮著的小樹葉打個轉兒，一會兒撓撓那些追趕他的小蝌蚪的癢癢。小樹葉不害怕，輕輕轉了兩個圈兒，就又往前漂。小蝌蚪可有些怕癢，就趕快向岸邊游；長了小腿的蝌蚪還學青蛙媽媽慌張地蹬開了腿。

小溪流笑著往前跑。有巨大的石塊攔住他的去路，他就輕輕跳躍兩下，一股勁兒沖了下去。什麼也阻止不了他的奔流。他用清亮的嗓子歌唱，山谷裡不斷響著的回聲也是清脆的，叫人聽了就會忘記疲勞和憂愁。

小溪流在狹長的山谷裡奔流了很久，後來來到了一個拐彎的地方。那裡有一截枯樹樁，還有一小片枯黃的草。枯樹樁年紀很老，枯黃的草也不年輕。他們天天守在一起，就是發牢騷。他們覺得什麼都不合適，什麼都沒有意思。後來連牢騷也沒有新的了，剩下來的只有嘆氣。他們看著活潑愉快的小溪流奔流過來，覺得很奇怪，就問他：「喂，小溪流！這麼高興，到哪兒去呀？」

小溪流回答：「到前面去，自然是到前面去呀。」

枯樹樁嘆口氣說：「唉，唉！忙什麼呀，歇會兒吧！」

枯黃的草也嘆口氣說：「唉，唉！累壞了可不是玩兒的，就在這兒待下來吧，這兒雖然不太好，可也還不錯。」

小溪流看著他們笑了笑：「為什麼呀？就不！不能夠停留！」

一轉眼小溪流就把他們丟在後面了，他又不住地往前奔流。前面出現了村莊。村莊裡有水磨等著他去轉動。

小溪流就這樣不知疲倦地奔流，奔流，漸漸又有些旁的小溪流來同他匯合在一起，小溪流就長大了。

於是，由小溪流長成的一條小河，沙聲地歌唱著，不分早晚地向前奔流。他精神旺盛，精力飽滿，向著兩邊廣闊的原野歡呼。他翻騰起水底沉澱的泥沙，卷起漂浮的枯樹枝，激烈地打著迴旋。他興致勃勃地推送著木排，托起沉重的木船向前航行。什麼也阻止不住他的前進。前面有石灘阻礙他，他就大聲吼叫著沖過去。小河就這樣奔流，不斷向前奔流。

有一隻孤獨的烏鴉懶懶地跟著他飛行了一陣。烏鴉看見小河總是這樣活躍，這樣匆忙，覺得很奇怪，就忍不住問：「喂，小河！這麼忙，到哪兒去呀？」

小河回答：「到前面去呀。」

烏鴉往下飛，貼近了他，恐嚇他說：「嘿，別高興！還是考慮考慮吧，前面沒有好玩意。」

小河沒忘記自己原來是小溪流，他笑了一笑：「為什麼？才不聽你的咧！就不能停留！」

烏鴉生了氣，一下說不出話來，就直叫：「呀！呀！呀！」

小河很快就把烏鴉丟在後面，又不住地往前奔流。前面出現了水閘，等著他去推動發電機。小河高高興興地做了一切他該做的工作。再前面又出現了城市。

小河不知疲倦地奔流，奔流，就這樣先先後後又有些旁的小河同他彙集在一起，小河就長大了。

於是，一條大江低聲吟唱著，不分時刻地向前奔流。他變得十分強壯，積蓄巨大無比的精力。他眺望著遠遠隱在白雲裡的山峰，以宏亮而低沉的胸音向他們打招呼。他不費力就掀起一陣陣洶湧的波濤，他沉著地舉起龐大的輪船，幫助他們迅速航行。他負擔著許多，可是他不感覺什麼負擔。大江就這樣奔流，不斷向前奔流。

那些被波浪卷起，跟隨大江行進的泥沙卻感到累了，問：「喂，大江！老這麼跑，到底要往什麼地方去呀？」

大江回答：「還要到前面去呀。」

疲乏得喘不過氣的泥沙憤憤地說：「『前面』『前面』！哪有那麼多『前面』！已經走得差不多了，還是歇口氣吧！」

大江的記性很好，他沒有忘記自己原來是小溪流，輕輕地笑了笑：「為什麼？不行！不能停留！」

泥沙帶著怨恨，偷偷地沉下去了，可是大江還是不住地奔流。許多天就好像一天，許多月就好像一個月，他經過了無數繁榮的城市和無數富足的鄉村，為人們做了無數事情，終於最後來到了海口。

大江還是不知道疲倦是怎麼一回事；他奔流著，奔流著，永遠向著前方。

於是，無邊無際的藍色海洋在歡樂地動盪著。海洋翻騰起白色的泡沫，強烈地向著四方歡唱。他是這樣複雜，又是這樣單純；是這樣猛烈，又是這樣柔和。他一秒鐘也不停止自己的運動。

在海底，一隻爬滿了貝殼的、朽爛得只剩一層發鏽的鐵殼的沉船，他早已不耐煩海洋這無休無止的晃動了，悄悄地問：「可以休息了吧，可以休息了吧？」

海洋記得住一切，他以和小溪流同樣清亮的嗓子回答：「休息？為什麼？那可不成！」

他的無窮盡的波浪就這樣一起一伏，沒有頭，也沒有尾。月亮出來了，月亮向著他微笑。太陽出來了，太陽也向著他微笑。海洋感覺到整個世界，所有的東西都好像近在他的身邊。海洋更加激起了自己的熱情。他不斷湧起來，向上，向前，向著四面八方。無數圓溜溜的小水珠就跳躍起來，離開了他，一邊舞蹈，一邊飛向純潔的藍空。

巨大的海洋唱著小小的溪流的歌：「永遠不休息，永遠不休息！」小溪流的歌就是這樣無盡無止，他的歌是永遠唱不完的。

會搖尾巴的狼

一隻狼掉到陷阱裡去了，怎麼跳也跳不出來。後來，一隻老山羊慢慢走過來了，狼連忙向老山羊打招呼：「好朋友！為了友情的緣故，幫幫忙吧！」

老山羊問：「你是誰？為什麼跑到獵人安下的陷阱裡去了？」

狼立刻裝出一副又老實又可憐的模樣，說：「我，你不認識嗎？一隻又忠誠又馴良的狗啊，為了援救一隻掉到陷阱裡的小雞，我不顧一切，犧牲自己，一下跳了進來，就再也出不去了。唉！可憐可憐我這隻善良的老狗吧！」

老山羊看了他幾眼，有些不相信，說：「你真的是狗麼？為什麼你那樣像狼，為什麼你用狼一樣的神氣看著我？」

狼連忙半閉了眼睛說：「我是狼狗，所以有些像狼。但是，請你相信，我的的確確是狗。我的性情很溫和。我還會搖尾巴，不信你瞧，我的尾巴搖得多好。」

狼為了證明自己的話，就拖著那條硬尾巴來回搖了幾下。「撲，撲，撲！」他把陷阱裡的一些土塊都敲打下來了。

老山羊慌忙後退了一步，說：「是的，你會搖尾巴。可是會搖尾巴的不一定都是狗。你說，你真能是一隻狼狗嗎？」

狼有些不耐煩了：「沒錯，沒錯！我可以賭咒。快點吧，快點吧！為了友情的緣故，只要你伸下一條腿來，我馬上就可以得救了。我一出來馬上就報答你。比方，我可以給你舔舔毛，幫你咬咬蝨子。真的，我是非常喜歡羊，特別是老山羊的。」

老山羊還是有點猶豫，又往後退了一步：「不成，我得考慮考慮。」

這時候，狼忍耐不住了，突然爆發起來。他咧開嘴，露著牙齒，對老山羊咆哮：「你這老傢伙！不快一點過來，你要幹麼？」

老山羊冷靜地看了他一眼，慢吞吞地回答說：「什麼也不幹。因為你是狼。我看見你的尖牙齒了。去年冬天你咬我一口，差點沒把我咬死。我一輩子也忘不了。你再會搖尾巴也騙不了我了，再見吧！」

皇帝說的話

有一天早晨，皇帝的廚房裡關著一隻白公雞，一隻安哥拉兔，和一頭小牛。待一會兒，他們三個就要被廚子殺死，燒成三個很好吃的菜給皇帝去吃。他們三個心裡都很難受，只是誰也沒有告訴誰，彼此不知道罷了。

後來，白公雞忽然打了一個噴嚏，「阿——嚏喲！」聲音很響。

小牛就問：「白公雞，你幹麼呀？」

白公雞伸伸頸子，回答說：「沒有什麼，我鼻孔癢。」

安哥拉兔說：「我鼻孔倒不癢，只是頭有點痛。」

於是他們三個就低聲談起話來了。那時候廚子出外挑水去了，不然，他們就不敢這樣大膽。因為皇帝有個命令，不許動物們隨便談話，特別是不許那些準備拿去做大菜吃的動物們在他廚房裡談話。他們這樣大膽是沒有人想到的，要怪只能怪白公雞，他不應該隨便打一個噴嚏，引起大家開口。大家一談，不知不覺就忘掉了皇帝的命令。

小牛又問白公雞：「你心裡很高興嗎？」

白公雞不敢老老實實地說出自己的心事來，想了一會就回答說：「我不覺得有什麼不高興。我的肉很好吃，等一會皇帝吃到我的肉一定會很稱讚我的。」

安哥拉兔無精打采地說：「我的肉也很鮮，皇帝也會喜歡的。」

小牛嘆口氣說：「我的肉也不錯啊，做湯最好吃。」

大家以為這樣說說可以安慰自己一下，可是，可是很奇怪，說完了之後大家還是覺得心裡很難受。白公雞拍拍翅膀，反問安哥拉兔說：「你不高興嗎？」

「沒有什麼。」安哥拉兔說，「我稍微有一點點不高興。不過我一想到我的未婚妻，我就可以變得高興起來。我的未婚妻真美麗，她的眼睛紅得就像熟番茄，圓得就像櫻桃。你們看見過她沒有？我一想到她，我就要哭了。她真好，真好看。」

白公雞很驕傲地說：「我不羨慕你的未婚妻。我會唱很好聽的歌。我一唱歌，所有的小母雞都會來找我玩兒的。任何小母雞都比安哥拉兔好看。真的，我會唱好聽的歌。」

小牛說：「我沒有聽見你唱過。」

白公雞說：「你不要忙，明天天快亮的時候你留心聽著好了。」

安哥拉兔說：「明天，明天我們在什麼地方呢？等一會，我們就要變成一盤盤的大菜了。」

白公雞同小牛一齊嘆氣說：「那真倒楣！」

安哥拉兔向白公雞說：「你現在就唱唱，怎樣？」

白公雞搖搖頭說：「不，我最高興唱歌是在天明的時候，現在唱就沒有味道了。」

小牛說：「可惜就是大家都不能等到明天的天明啊！」

這樣一說，他們心裡更難受起來。安哥拉兔流下了一滴眼淚，說：「我忘了！我未婚妻不知道我到這裡來了，她原來約了我明天一早到甜莓子坡去賽跑，去找莓子吃。唉，唉！我今天不想死。」

小牛說：「我今天也不想死。我肚子餓，我還要出去找點青草吃吃。」

安哥拉兔說：「明天我也不想死，今天我才只有兩個月零二十天的年紀呢。」

小牛說：「明天我也不想死；到明天我只不過六個月大，我還想活好幾個六個月呢。」

白公雞偏著頭對小牛說：「我比你還小兩個月，今天我才只四個月。還要過兩個月我的嗓子才能真正變好，那時候唱歌才真正好聽。要是現在我就死了，那該多可惜呀！……」

說著，他們都哭起來了。

後來，白公雞想到了一個辦法，說：「我們逃走吧，那裡是後門。從後門出去就是大路，到了大路上我們就可以走到別的地方去了。」

小牛說：「我們逃走了，皇帝肚子餓了怎麼辦？」

安哥拉兔說：「不要緊，他肚子餓了也可以和我們一樣吃青草的，青草不是很好吃的嗎？」

小牛高興地叫：「對，對！」

於是他們三個就一個跟一個，大搖大擺地走出了廚房。在那天以前還沒有動物從皇帝的廚房裡逃走過，所以他們一直走到後門口，皇帝的衛兵也不管他們，就讓他們大搖大擺地走出去了。他們只是不敢作聲。假若他們做聲，衛兵就會抓住他們。因為那時候皇帝有命令禁止動物們隨便談話，這命令衛兵是記得很清楚的。他們一直逃出了皇帝可以管到的這塊地方，到另外一個地方去了。那另外一個地方是怎樣的，這裡不談。

皇帝的廚子挑水回來，一下看見三個準備用來做大菜的動物不見了，心裡很慌，就跑到後門口去問衛兵。衛兵說他們大搖大擺地走出去了。廚子很害怕，就去把這事報告給大臣。大臣聽見了也很害怕，馬上就去把這事情報告給皇帝。

皇帝聽了，大大地生氣，叫：「什麼！他們居然敢大搖大擺地打大路上走？那還了得！他們都不管我肚子餓不餓。來！這裡有個命令，趕快替我傳下去。以後我禁止任何人，或者任何動物大搖大擺地在大路上走。」

大臣想了一想，說：「不過，他們走小路怎麼辦呢？我看現在的一些動物們都變得很狡猾了。」

皇帝哼了一聲：「什麼！」

皇帝鼻子下留了一撮八字鬍子，看起來很威嚴。這一哼，大臣們就不敢作聲了。

過一會兒，皇帝問：「動物們在廚房裡談了話沒有？」

「聽衛兵說，他們沒有談話。」

「他們居然敢逃走？」

「是的，而且是大搖大擺的。」

皇帝抹抹鬍子，叫：「趕快替我把命令傳下去。說，以後凡不得我允許，誰都不許隨便走路。」

大臣想了想，小聲說：「求您改改這命令吧；要是這樣搞下去，以後該會怎樣的不方便哪！」

皇帝又生氣了，叫：「下去！皇帝說的話是不能修改的！不然，我就要不客氣了。」

皇帝說的話真的是很尊嚴的，從來就沒有人勸過他修改他的話。大臣看皇帝臉上這神氣，又聽他說要「不客氣」（「不客氣」就是要割下一個人的腦袋的意思，皇帝說話就是這樣說法），於是大臣就退下去了。

大臣站在宮門口，用一個傳聲筒，大聲把皇帝的話傳出去。他喊：「一切會走路的人們和動物們聽著！皇帝說，以後凡是沒得到他的允許，誰都不許隨便走路。不然，他就要不客氣了。」

這話一說完，大臣就不敢動了。因為皇帝的命令馬上發生了效力，皇帝現在既然沒有允許他走動，他就不能走動。他只有呆呆地站在宮門口等皇帝來允許他走動。不然，皇帝一不客氣，他的腦袋就要被割下了。

大街上的人們和動物們聽了大臣的傳達，馬上都站住了，因為他們都沒有得到皇帝的允許，他們都怕皇帝一不客氣，把他們的腦袋割下。

大街上的員警站得筆直地把皇帝的命令傳達出去，好讓別的幾條街知道。不一會，全國的人和動物都知道了這命令，都站住不動了。他們都怕皇帝一不客氣就把他們的腦袋割下。

後來，皇帝知道了這件事情的結果，果然是不很方便。因為他穿衣、吃飯，事事都要人服侍，現在卻沒有一個人敢走動，當然沒有一個人走過來服侍他。但是他又不願意收回他的話，因為他說的話是尊嚴的，不能修改的。他很發愁，只在自己的宮內一人走來走去。

於是全國的人和動物，除了皇帝，從皇后起一直到一個小螞蟻為止，都呆呆地站在他們聽見命令時所站的那個地位上一動也不敢動。

皇帝一直不收回他所說的話。後來他就餓死了，因為沒有人送飯給他吃。那些站著的人和動物站得實在太久了，有些不耐煩，覺得那樣留著一顆腦袋也沒有什麼意思，後來他們也不管自己腦袋會不會被割掉，就冒險走掉了。只有幾個膽子太小的家夥同傻瓜還不敢走動，戰戰兢兢地站在那裡等皇帝的允許。好多年過去了，他們就漸漸地變成了石頭。個子大的變成了大石頭，個子小的變成了小石頭，螞蟻變成了沙粒。世界上有些石頭同沙粒就是由這些人和動物變的。

一九四一年作

蚯蚓和蜜蜂的故事

在從前——很多很多年以前，蚯蚓和蜜蜂是好朋友，他的模樣兒長得也和蜜蜂差不多。

那時候，蚯蚓不像現在這樣怕太陽，白天也不躲在土洞裡面。他還會唱歌，不像現在這樣，從早到晚都不吭氣。他的身子長得又胖又粗，有一顆大腦袋，還有好幾條短短的腿。要是今天我們遇見了這樣一條蚯蚓，誰也不會說他是蚯蚓的。

蜜蜂也不像現在這樣。那時候他還不會做蜜，也不會做蜂房，也不會飛，因為他還沒有翅膀。他的身子比蚯蚓短小一些，有六條腿，也是短短的，可是沒有現在這樣精巧，這樣靈活。要是今天誰遇見這樣一隻蟲兒，一定不會認出他就是蜜蜂。

在從前，就是蚯蚓還長著腿、蜜蜂還沒有生翅膀的時候，大地上可以吃的好東西多極了，像什麼楊梅、野葡萄，還有許多咱們都叫不出名字來的紅的、紫的漿果，還有許許多多又甜又嫩的草葉和花瓣，蚯蚓和蜜蜂用不著費很大力氣，只要動一動嘴就可以吃得飽飽的。

吃飽了，他們兩個就在一塊兒玩，不像現在這樣，兩個老不見面。咱們現在誰看見過蜜蜂和蚯蚓在一塊兒玩呢？他們一個在天上飛，一個在地底下鑽，根本就不會碰到一起。現在，他們的樣子也變得和從前大不相同了。這是怎麼回事呢？故事還要從頭說起。

在很早很早以前，大地上可以吃的好東西多極了，可是你也吃，他也吃，大夥只管吃，不管種，天天老那麼吃，大地上能吃的東西就慢慢地減少，以後就越來越少，越來越不容易找到了。

好日子過完了，苦日子就來了。蚯蚓和蜜蜂有時候找不到東西吃，就得挨餓。在餓肚子的時候，蜜蜂很著急，可是蚯蚓卻滿不在乎，還是哼哼唧唧地唱歌兒。有一次，蜜蜂忍不住對他說：「別老那麼唱了，朋友，咱們來想想辦法，自己動手，做一點什麼東西吃，好不好？」

蚯蚓唱得正起勁兒，聽蜜蜂這麼一說，就很不耐煩地回答：「做！你怎麼做呀？你真聰明！能吃的東西從來都是現成的，都是自己長好的，自己還能做吃的東西！」

蜜蜂被蚯蚓一嘲笑，就不作聲了。這是兩個好朋友第一次發生不同的意見。可是蜜蜂的腦子裡總愛想些新鮮事：他不但想做出能吃的東西，並且還想做出一種特別甜的東西來。特別甜的東西怎麼做呢？蜜蜂一天到晚在想辦法。

有一天，下起大雨來了。蚯蚓和蜜蜂躲在一塊大石頭底下躲雨。雨嘩啦嘩啦地下得很大，地上的水慢慢漲起來，流到他們躲雨的石頭那裡，把他們的腿都浸濕了。大雨夾著一陣陣的涼風，蜜蜂冷得直發抖，就對蚯蚓說：「唉呀！要是咱們能想個辦法，住在一棵大樹的洞裡邊，該多麼好呀！那裡一定又乾淨，又暖和。」

蚯蚓正在打瞌睡，搖搖腦袋：「別胡說了，你老愛胡思亂想！」

可是蜜蜂越想越高興，又說：「咱們要是自己動手造一個能住的東西，住在裡邊，那就更好了。」

因為那時候蜜蜂還不會做蜂房，所以他也叫不出他想做的那個東西叫什麼。

蚯蚓聽蜜蜂這樣說，就生起氣來了：「你怎麼這樣蠢呀！咱們從來就是睡在草葉下面，石頭底下，還想造什麼能住的東西？再說，你又有多大的能耐，還想造什麼東西？別胡扯了，讓我安安靜靜地睡一覺吧！」

蜜蜂也有些生氣了，就不再同蚯蚓說話了。可是他腦子裡在想：蚯蚓說我造不了，我一定得試試看，一定要做出這樣一個能住的東西來。

天晴了，蜜蜂開始用一團泥試著做房子。他把所有的腿都用上，和泥，把泥壓成許多小片兒。他想把許多小泥片兒合成一個大泥片兒。可是忙了半天，小泥片又散開了。他又重新和泥，重新做小泥片兒。最後，好容易把許多小泥片兒做成了一片大泥片兒。他想把大泥片兒卷成一個圓筒筒：試了一次，試了兩次，試了三次，可是老卷不好。蜜蜂累得滿頭大汗，就對蚯蚓說：「好朋友，快來幫幫忙吧！」

蚯蚓看著蜜蜂哼了一聲，動也不動。

後來，泥片兒被太陽晒乾了，再也沒辦法卷成圓筒筒了；蜜蜂累得也不能動了，只好停下來休息。

這時候，蚯蚓帶著嘲笑的神氣對蜜蜂說：「別白費力氣啦，朋友！我不早就說過嗎，別胡思亂想了。」

蜜蜂沒作聲，因為他在想怎麼樣才能把房子造好。

又過了幾天，蜜蜂和蚯蚓一塊兒出去找吃的東西，在路上，他們碰見了一棵開滿了小白花的山丁子樹。山丁子樹招呼他們：「好朋友們，來幫個忙吧！我只開花，不能結果。只要你們來幫我把花粉搬動搬動，我就能結許多果子啦。我一定要好好地謝你們呢。」

蚯蚓瞪了山丁子樹一眼，粗聲粗氣地回答說：「我管你結不結果，我才沒有這麼多閒工夫哩！」

蜜蜂走過去，對山丁子說：「我來試一下，行嗎？」

山丁子很高興地說：「謝謝你，你來試試吧。」

這時蚯蚓對蜜蜂說：「你真愛管閒事！你不怕麻煩就去試吧，我可走了。」說完，他真的頭也不回就一個兒走了，一邊走一邊還很驕傲地哼著歌兒。

蜜蜂開始很吃力地往山丁子樹上爬。那時候，他的腿又短又笨，爬了好半天才好容易爬到樹上去，可是當他爬到一朵花旁邊想採花粉的時候，因為身子太笨，一不小心就從樹上摔下來了。幸虧地上的草很厚，才沒有摔傷。他慢慢地站起來，喘了一口氣，接著就又往樹上爬。

在蜜蜂拼命爬樹的時候，蚯蚓已經在另一個地方找到一大片漿果。蚯蚓吃著甜甜的漿果，想起了蜜蜂，得意地笑起來了：

「這一下可好了，我可以躺下來吃個飽，再也不用動了。蜜蜂這個大傻瓜不知道在那兒幹出了什麼玩意兒，我看他不是摔傷了，也準得餓壞了。」

蚯蚓吃飽了，就躺在漿果旁邊呼呼地睡著了。這時候，蜜蜂還在一次，兩次，三次地練習爬山丁子樹哩。說起來也真是奇怪：蜜蜂一次又一次地爬樹，用力朝上爬一步，背上的茸毛就顫動一下；再爬一步，茸毛就又顫動一下，蜜蜂不停地用力朝上爬，背上的茸毛就不停地顫動，慢慢地，背上的茸毛有幾根就長大了，變成四個小片片兒了。這四個小片片兒一長出來，就很自然地隨著蜜蜂的動作撲扇起來。有了這四個小片片兒，蜜蜂的身子也變輕了，站也站得穩了。

有時候，我們站在門檻上玩兒，要是站不穩，身子就會前栽後仰的。這時候，不用誰下命令，我們的兩隻胳膊馬上就會出來幫忙：只要這麼晃一晃，身子馬上又可以站直了。蜜蜂背上新長的小片片兒，就像我們的胳膊一樣，靠著它的幫助，蜜蜂就平平穩穩地爬到山丁子樹上去了。

這時候，蚯蚓還睡在漿果旁邊做著好夢呢，他一點也不知道蜜蜂有了這麼大的變化。

蜜蜂背上的這四個小片片兒越長越大，慢慢地就長成翅膀了。有了翅膀的蜜蜂，不久就學會了飛。他從這個花朵飛到那個花朵，不停地搬運起花粉來；他的腿也因為不斷地勞動，慢慢地變得靈巧了。

蜜蜂幫助山丁子樹做完了傳布花粉的工作，山丁子樹非常感謝他，就把多餘的花粉和花裡的一種甜漿都送給了他，還告訴了他這種甜漿可以做成一種好吃的新東西，這種新東西叫做蜜。

蜜蜂帶著花粉和甜漿飛走了。他怎樣把甜漿做成蜜呢？這當然不是一件容易的事。可是蜜蜂是很有耐心，很肯動腦筋的：他一次失敗以後，再想辦法，再重新做，再次失敗以後，再想辦法，再繼續做，到底做成功了。

蚯蚓呢，還待在那個老地方，睡醒了就吃，吃飽了就睡，連歌都懶得唱了；當然，他把蜜蜂這個老朋友也忘掉了。

蜜蜂不但學會了做蜜，並且越做越聰明，又學會了做蠟，用蠟造成了自己想了很久的蜂房。他把蜂房造在大樹的洞裡邊，那裡既不怕風，又不怕雨。他就住在這樣舒服的房子裡，每天天一亮就起來，一直忙碌地工作到天黑。

蜜蜂一天一天地變得更聰明更有本領；模樣也變得更美麗了：晶亮的大眼睛，細細的觸鬚，好像薄紗似的翅膀，完全變成我們現在所看見的蜜蜂的樣子了。

有一天，蜜蜂想起了蚯蚓。他想請蚯蚓來嘗嘗他做的特別甜的東西，並且把自己學會的本領教給蚯蚓，讓蚯蚓也好好勞動。

蜜蜂離開了家到處飛著，一邊飛一邊喊叫蚯蚓。可是，蜜蜂飛來飛去，東找西找，找了半天，也找不到老朋友的影子。蚯蚓到哪兒去了呢？

原來在這一段很長的時間裡，蚯蚓也變了樣兒了，他本來腿就很短小，因為老不活動，就一天一天變得更加短小。有一天，他一覺醒來一看，他的腿完全沒有了；因為懶得說話和唱歌，他的嗓子也啞了；因為只顧睡覺，不動腦筋，腦袋也變小了；因為他那張嘴好吃，不斷地咬東西，倒變得比從前更有力，連土塊都咬得動，咽得下去了；因為他懶得挪地方，一個地方的好東西吃光了，就只好吃壞東西，最後只是吃土塊，所以他的身子就變得很瘦很細了。一句話，他的樣子完全改變了。蜜蜂從他頭頂飛過去好幾次，可是他怎麼會認得出這就是老朋友蚯蚓呢？

蚯蚓當然也不認識蜜蜂了。當蜜蜂從他身邊飛過喊著他的名字的時候，他覺得很奇怪：這是誰呢？後來，他聽見身邊許多剛發芽的小山丁子都大聲喊：「歡迎我們的好朋友，歡迎勤快的蜜蜂！」蚯蚓這才知道原來是他的老朋友蜜蜂，心裡又難受又害羞，恰好身邊有一個洞，他馬上就鑽了進去，在洞裡哭起來。

小山丁子在洞口安慰蚯蚓說：「不要哭！只要你今後再不懶惰，肯勞動，大家也會歡迎你的。」

蚯蚓不能說話，心裡想：對！今後我一定好好勞動，好好翻地，幫助植物長得強壯，多結好吃的東西。

蚯蚓下定決心改正自己好吃懶做的毛病，從此以後，就特別努力，用他那張能吞下土粒的嘴，在地裡打洞翻土，不聲不響地幫植物鬆土，幫助植物製造肥料。現在，誰都稱讚他勤快，都說他完全變好了；可是他直到現在還是不好意思在白天出來，他怕碰見他的老朋友蜜蜂。

氣球、瓷瓶和手絹

元旦那天，麗麗得到了三件新年禮物，那是：一個橢圓形的充滿了氫氣的彩色氣球，一個精緻的小瓷花瓶，一條又柔軟又結實的紅手絹。麗麗很喜愛這些禮物，把他們當作自己的好朋友，一會兒也捨不得離開他們。

晚上麗麗睡覺的時候，把氣球拴在床頭的欄杆上，把瓷瓶和手絹放在床旁邊的小衣櫃上。

麗麗睡著了，她的這三個新朋友就悄悄活動起來了。他們互相交談，並且互相認識了。後來，不知道怎麼一來，氣球和瓷瓶兩個就爭吵起來了。手絹比較安靜，不怎麼參加這場爭吵。

氣球跟瓷瓶爭論的題目是：麗麗最喜歡他們三個當中的哪一個，誰最漂亮，誰最有能耐。

每次都是那個鼓著肚皮的氣球第一個搶先發言，因為他是一個性格浮躁，自以為了不起的傢伙。他說話的時候，總是伸長了脖子昂著腦袋。要是誰的話有點不對他的勁兒，他常常先是搖幾下頭，然後就把腦袋扭過去，乾脆不答理別人。現在，他神氣十足地對瓷瓶說：

「你別嘮嘮叨叨了！當然啦，麗麗喜歡的就是我。你算不了老幾，手絹更不成。因為我長得又胖又漂亮，你們沒有看見我這一身彩色嗎，這是誰也不會有的彩色。還有，我會飛，要飛多高就飛多高，要飛到哪兒就飛到哪兒。還有，還有，就是我還會唱歌……」

說氣球會飛動，倒是真的。至於唱歌呢，那就不敢領教了，他只會發出「嘶嘶嘶」這樣一種聲音。不過，關於這一點兒我們大家都明白，就是說，當他發出這樣的聲音的時候，他準是得了病了，真想不到他還把自己這種節奏單調的哼哼聲音也當成一種歌聲。

氣球越吹越來勁兒，後來，誰也沒有邀請他，他晃晃腦袋就自動唱起來了。歌詞是這樣的：

我最美麗，
最了不起！

嘶嘶嘶嘶，嘶嘶嘶！

手絹不贊成氣球那種洋洋自得的亂叫，可是她心腸很好，就勸氣球說：

「快別這樣喊叫了。你要是再這樣嚷下去，不一會兒別人就得給你充氫氣。不然你就會癟了下去，那多麼不好呵！」

這時候，一直唧唧喳喳不停的小瓷花瓶冷冷地說：

「哼！別理他！他根本就不會唱歌，麗麗就不聽他唱。」

氣球一聽，非常生氣，肚子就鼓得更大了，大聲嚷嚷起來：

「嘶！誰說我不會唱歌，我的嗓子最棒！……」

自以為什麼都行的瓷瓶也是從來不讓人的。她認為她自己的嗓子是全世界最清亮，最好聽的，誰也不能跟她比，就打斷氣球的話說：

「你別吹！你知道什麼叫做歌，什麼叫做歌唱嗎？大家還是聽我唱吧，我的嗓子最清脆，我的唱法最抒情。我最聰明，最有學問，我唱的都是最美麗的詩歌。」

同樣也是沒有得到誰的邀請，瓷瓶把身子一搖動，就自動唱起來了。那歌聲倒真的是很清脆，歌詞是這樣的：

媽媽最愛聽我唱，

丁當，丁當，丁丁丁當！

這是一首詩，是氣球唱不出來的一首非常深奧的詩，普通人是不容易一下就聽懂的。

瓷瓶一連重複唱了好幾遍，接著很得意地說：

「我是麗麗喜歡的小女兒，麗麗是我的、我的媽媽，我一個人的親愛的媽媽。她最怕我哭，最喜歡聽我唱，她只喜歡聽我一個人的歌唱。」

氣球聽了，簡直把肚皮都要氣炸了，大聲反駁：「嘶！沒羞沒羞！你除了一個嬌氣，什麼也不會！你不會跳，還不會飛。」

「你胡說！」瓷瓶就傷心地哭起來了，「你敢說我，你敢說我！連媽媽都不敢說我……」

瓷瓶的性格就有這麼個特點，碰不得。

這回，手絹就又為瓷瓶發愁了，雖然她也不贊成瓷瓶的態度，還是細聲勸瓷瓶說：

「快別哭了，哭多了對身體不好。」

這樣一來，瓷瓶反而更加來勁兒了：

「欺負人，臭氣球，欺負人！當丁當丁，當當當當丁！」

這也是一首詩，一首悲哀的抒情詩。

手絹連忙安慰瓷瓶說：

「你不要激動，不要激動。因為，如果像你這樣激動，那就可能……就突然一下摔碎的。」

氣球聽到「可能摔碎」這樣的字眼就高興起來，笑著對瓷瓶叫：

「沒用沒用，你一摔就碎。」

瓷瓶馬上就把氣球頂回去：

「你才真沒用，一捏就破。」

氣球和瓷瓶兩個誰也不服誰，最後他們就都逼著手絹來當裁判，要她來說麗麗到底最喜歡他們兩個當中的誰。手絹很老實，真不知道該怎祥說才好，就回答說：

「我不知道麗麗最喜歡誰，因為她是大家的媽媽。你們各有各的特點，但是都有些自以為是……」

「嘶——！」這是氣球生氣的表示。

「當當當！」這是瓷瓶生氣的表示。

手絹看他們兩個都生氣了，就不好往下說了。

剩下氣球和瓷瓶兩個就越爭吵越激烈。他們兩個誰也不承認自以為是，誰也不讓誰。瓷瓶說氣球不會唱，氣球就說瓷瓶不會飛。

於是，氣球就提出要和瓷瓶比唱，瓷瓶也答應和氣球比飛。

氣球說：

「馬上我就唱一個最好聽的歌給你聽。」

瓷瓶說：

「要唱一個大嗓門的歌才算，那樣『嘶嘶嘶』的哼哼不算。」

氣球驕傲地點了一下頭：

「成！」

於是他使勁掙脫了拴住他的繩子，猛然朝著樓板飛去。他把腦袋一扭，又使勁喊了一聲：

「嘶——啪！」

這一聲的確不小，不過氣球從此就炸成了兩瓣，掉到地上，再也不吭氣了。

瓷瓶就大聲笑起來，高興地喊叫：

「活該，活該！」

接著她又跳起舞來，一邊還唱著：

「丁丁當，丁丁丁丁當！」

她越跳越高興，最後她拼命往上一跳，準備飛。

丁當，啪！瓷瓶一下就從小衣櫃上滾到了地板上。這個嬌氣的小傢伙馬上就碎裂成了十幾片，也一聲不吭了。

新年過去了，麗麗的三件新年禮物就只剩下了一條紅手絹。這個沒有自吹自擂的手絹成了麗麗的真正朋友，長期跟著麗麗。

紅手絹跟那兩個華而不實的夥伴正相反，她不喜歡唧唧喳喳，更不喜歡自誇。她從來不提自己的鮮豔顏色，可是她在心裡卻深深埋藏著一個紅色的理想。

她很扎實，又很有耐性。她最喜歡乾淨，可是從來幹的是髒活兒。當她髒了的時候，她就被洗一次，重又變得乾淨如新。當她被洗滌的時候，她從不喊叫肥皂水的刺激。當她被擰乾的時候，她從不喊叫疼痛。當她被晒乾的時候，她從不抱怨太陽的灼熱。當她被摺疊的時候，她從不訴說委曲。她踏踏實實地一次又一次幫助別人幹活兒，從不感到厭煩。當然，她從不哭泣，更不用哭泣來恐嚇和要脅自己的媽媽。

我相信，我們大家最後都會跟麗麗一樣，真正喜歡的是這樣一個朋友。

一九七八年九月三十日草，十月二十三日改

為重寫中國兒童文學史做準備

眉睫（簡體版書系策畫）

二〇一〇年，欣聞俞曉群先生執掌海豚出版社。時先生力邀知交好友陳子善先生參編海豚書館系列，而我又是陳先生之門外弟子，於是陳先生將我點校整理的梅光迪講義《文學概論》（後改名《文學演講集》）納入其中，得以出版。有了這個因緣，我冒昧向俞社長提出入職工作的請求。俞社長看重我對現代文學、兒童文學研究的能力，將我招入京城，並請我負責《豐子愷全集》和中國兒童文學經典懷舊系列的出版工作。

俞曉群先生有著濃厚的人文情懷，對時下中國童書缺少版本意識，且缺少人文氣質頗不以為然。我對此表示贊成，並在他的理念基礎上深入突出兩點：一是以兒童文學作品為主，尤其是以民國老版本為底本，二是深入挖掘現有中國兒童文學史沒有提及或提到不多，但比較重要的兒童文學作品。所以這套「大家小書」，頗有一些「中國現代兒童文學史參考資料叢書」的味道。此前上海書店出版社曾以影印版的形式推出「中國現代文學史參考資料叢書」，影響巨大，為推動中國現代文學研究做了突出貢獻。兒童文學界也需要這麼一套作品集，但考慮到兒童讀物的特殊性，影印的話讀者太少，只能改為簡體橫排了。但這套書從一開始的策劃，就有為重寫中國兒童文學史做準備的想法在裡面。

為了讓這套書體現出權威性，我讓我的導師、中國第一位格林獎獲得者蔣風先生擔任主編。蔣先生對我們的做法表示相當地贊成，十分願意擔任主編，但他畢竟年事已高，不可能參與具體的工作，只能以書信的方式給我提了一些想法，我們採納了他的一些建議。書目的選擇，版本的擇定主要是由我來完成的。總序也由我草擬初稿，蔣先生稍作改動，然後就「經典懷舊」的當下意義做了闡發。可以說，我與蔣老師合寫的「總序」是這套書的綱領。

什麼是經典？「總序」說：「環顧當下圖書出版市場，能夠隨處找到這些經典名著各式各樣的新版本。遺憾的是，我們很難從中感受到當初那種閱讀經典作品時的新奇感、愉悅感、崇敬感。因為市面上的新版本，大都是美繪本、青少版、刪節版，甚至是粗糙的改寫本或編寫本。不少編輯和編者輕率地刪改了原作的字詞、標點，配上了與經典名著不甚協調的插圖。我想，真正的經典版本，從內容到形式都應該是精緻的、典雅的，書中每個角落透露出來的氣息，都要與作品內在的美感、精神、品質相一致。於是，我繼續往前回想，記憶起那些經典名著的初版本，或者其他的老版本——我的心不禁微微一震，那裡才有我需要的閱讀感覺。」在這段文字裡，蔣先生主張給少兒閱讀的童書應該是真正的經典，這是我們出版本套書系所力圖達到的。第一輯中的《稻草人》依據的是民國初版本、許敦谷插圖本的原著，這也是一九四九年以來第一次出版原版的《稻草人》。至於解放後小讀者們讀到的《稻草人》都是經過了刪改的，作品風致差異已經十分大。俞平伯的《憶》也是從文津街國家圖書館古籍館中找出一九二五年版的原著來進行重印的。我們所做的就是為了原汁原味地展現民國經典的風格、味道。

什麼是「懷舊」？蔣先生說：「懷舊，不是心靈無助的漂泊；懷舊也不是心理病態的表徵。懷舊，能夠使我們憧憬理想的價值；懷舊，可以讓我們明白追求的意義；懷舊，也促使我們理解生命的真諦。它既可讓人獲得心靈的慰藉，也能從中獲得精神力量。」一些具有懷舊價值、經典意義的著作於是浮出水面，比如孤島時期最富盛名的兒童文學大家蘇蘇（鍾望陽）的《新木偶奇遇記》；大後方為少兒出版做出極大貢獻的司馬文森的《菲菲島夢遊記》，都已經列入了書系第二批順利問世。第三批中的《小哥兒倆》（淩叔華）《橋（手稿本）》（廢名）《哈巴國》（范泉）《小朋友文藝》（謝六逸）等都是民國時期膾炙人口的大家作品，所使用的插圖也是原著插圖，是黃永玉、陳煙橋、刃鋒等著名畫家作品。

中國作家協會副主席高洪波先生也支持本書系的出版，關露的《蘋果園》就是他推薦的，後來又因丁景唐之女丁言昭的幫助而解決了版權。這些民國的老經典，因為歷史的原因淡出了讀者的視野，成為當下讀者不曾讀過的經典。然而，它們的藝術品質是高雅的，將長久地引起世人的「懷舊」。

經典懷舊的意義在哪裡？蔣先生說：「懷舊不僅是一種文化積澱，它更為我們提供了一種經過時間發酵釀造而成的文化營養。它對於認識、評價當前兒童文學創作、出版、研究提供了一份有價值的參照系統，體現了我們對它們的批判性的繼承和發揚，同時還為繁榮我國兒童文學事業提供了一個座標、方向，從而順利找到超越以往的新路。」在這裡，他指明了「經典懷舊」的當下意義。事實上，我們的本土少兒出版是日益遠離民國時期宣導的兒童本位了。相反地，上世紀二三十年代的一些精美的童書，為我們提供了一個座標。後來因為歷史的、政治的、學術的原因，我們背離了這個民國童書的傳統。因此我們正在努力，力爭推出真正的「經典懷舊」，打造出屬於我們這個時代的真正的經典！

但經典懷舊也有一些缺憾，這種缺憾一方面是識見的限制，一方面是因為審稿意見不一致。起初我們的一位做三審的領導，缺少文獻意識，按照時下的編校規範對一些字詞做了改動，違反了「總序」的綱領和出版的初衷。經過一段時間磨合以後，這套書才得以回到原有的設想道路上來。

欣聞臺灣將引入這套叢書，我想這對於臺灣人民了解大陸的兒童文學是有幫助的。林文寶先生作為臺灣版的序言作者，推薦我撰寫後記，我謹就我所知，記述於上。希望臺灣的兒童文學研究者能夠指出本書的不足，研究它們的可取之處，為重寫兩岸的中國兒童文學史做出有益的貢獻。

二〇一七年十月於北京

眉睫，原名梅杰，曾任海豚出版社策劃總監，現任長江少年兒童出版社首席編輯。主持的國家出版工程有《中國兒童文學走向世界精品書系》（中英韓文版）、《豐子愷全集》《民國兒童文學教育資料及研究》，主編《林海音兒童文學全集》《冰心兒童文學全集》《豐子愷兒童文學全集》《老舍兒童文學全集》等數百種兒童讀物。二〇一四年度榮獲「中國好編輯」稱號。著有《朗山筆記》《關於廢名》《現代文學史料探微》《文學史上的失蹤者》，編有《許君遠文存》《梅光迪文存》《綺情樓雜記》等等。

民國時期經典童書 A0801028

南南和鬍子伯伯

作　　者 嚴文井
版權策劃 李　鋒

發 行 人 陳滿銘
總 經 理 梁錦興
總 編 輯 陳滿銘
副總編輯 張晏瑞
編 輯 所 萬卷樓圖書 (股) 公司
特約編輯 沛　貝
內頁編排 林樂娟
封面設計 小　草
印　　刷 百通科技 (股) 公司

出　　版 昌明文化有限公司
　　　　 桃園市龜山區中原街 32 號
電　　話 (02)23216565
發　　行 萬卷樓圖書 (股) 公司
　　　　 臺北市羅斯福路二段 41 號 6 樓之 3
電　　話 (02)23216565
傳　　真 (02)23218698
電　　郵 SERVICE@WANJUAN.COM.TW
大陸經銷
廈門外圖臺灣書店有限公司
電郵 JKB188@188.COM

ISBN 978-986-496-118-4
2018 年 2 月初版一刷
定價：新臺幣 320 元

如何購買本書：
1. 劃撥購書，請透過以下帳號
　帳號：15624015
　戶名：萬卷樓圖書股份有限公司
2. 轉帳購書，請透過以下帳戶
　合作金庫銀行古亭分行
　戶名：萬卷樓圖書股份有限公司
　帳號：0877717092596
3. 網路購書，請透過萬卷樓網站
　網址 WWW.WANJUAN.COM.TW
　大量購書，請直接聯繫，將有專人
　為您服務。(02)23216565 分機 10

如有缺頁、破損或裝訂錯誤，請寄回更換

國家圖書館出版品預行編目資料
南南和鬍子伯伯 / 嚴文井著 . -- 初版 . -- 桃園市 : 昌明文化出版 ; 臺北市 : 萬卷樓發行 , 2018.02
　面；　公分 . -- (民國時期經典童書)
ISBN 978-986-496-118-4(平裝)
859.08　　　107001316